Aus Freude am Lesen

Péter Farkas erzählt in »Acht Minuten« von den letzten Tagen eines dementen Paares, das trotz Alter und Krankheit seine Würde und vor allem die Liebe zueinander bewahren kann. Für diesen Roman wurde der in Deutschland lebende Péter Farkas mit dem Sándor-Márai-Preis ausgezeichnet und erhielt den Preis für den besten Debüt-Roman in Ungarn.

PÉTER FARKAS wurde 1955 in Budapest geboren. 1982 verließ er Ungarn, seither lebt er mit seiner Familie in Köln. Er hat eine literarische Zeitschrift herausgegeben, Ausstellungen organisiert und arbeitet für den Rundfunk. 1997 wurde er für das beste literarische Debüt in Ungarn ausgezeichnet. »Acht Minuten« ist sein erster Roman in deutscher Übersetzung.

Péter Farkas

Acht Minuten

Roman

Aus dem Ungarischen
von György Buda

btb

Das Original erschien 2007 unter dem Titel
»Nyolc perc« im Verlag Magvetö, Budapest.

FSC
www.fsc.org
MIX
Papier aus verantwortungsvollen Quellen
FSC® C083411

Verlagsgruppe Random House FSC® N001967
Das für dieses Buch verwendete FSC®-zertifizierte
Papier *Lux Cream* liefert Stora Enso, Finnland.

1. Auflage
Genehmigte Taschenbuchausgabe Oktober 2013,
btb Verlag in der Verlagsgruppe Random House GmbH, München

Umschlaggestaltung: semper smile
Umschlagfoto: © plainpicture / Hoenig, T. Foto: p255 1585
Druck und Einband: CPI – Clausen & Bosse, Leck
KS · Herstellung: sc
Printed in Germany
ISBN 978-3-442-74581-4

www.btb-verlag.de
www.facebook.com/btbverlag
Besuchen Sie auch unseren LiteraturBlog www.transatlantik.de

Die alte Frau nahm mit Zeigefinger und Daumen ein Stückchen Butter, hob es vor die Augen und betrachtete es erstaunt. Der alte Mann berührte sanft ihr Handgelenk. Die alte Frau zuckte zusammen und wandte den Blick dem alten Mann zu. Er bedeutete ihr, dass sie die Butter auf das aufgeschnittene Brötchen geben solle. Sie legte das Stückchen Butter auf den unteren Rand des Brötchens, und der alte Mann zerdrückte es mit der Messerklinge. Sie hob das Brötchen zum Mund und knabberte das gebutterte Stück ab. Während sie mümmelte, blinzelte sie ihn dankbar an. Eine starke, warme Strömung flutete durch den Körper des alten Mannes. Von der Oberfläche der Haut bis in die Tiefen des Fleisches. Die Flut riss sein Ich, sein Körpergefühl in einem einzigen Aufwallen mit sich; und alles das, was einstens er gewesen war, wurde jetzt zur Überflutung selbst. Die übermächtige Empfindung lähmte ihn für einen Augenblick, doch bis die alte Frau wieder ratlos aufblickte, war er schon dabei, das nächste Butterstückchen auf dem rundherum angeknabberten Brötchen bedächtig zu zerdrücken. Dann hörte das Mampfen plötzlich auf. Die alte Frau wandte den Blick von ihm ab und starrte leer in die Ferne. Der alte Mann fuhr zusammen, aber nur innerlich, unsichtbar, und er hoffte, dass sie sich nicht jetzt, am Tisch, beim Frühstück, während des Essens einkotete. Daran konnte er sich einfach nicht gewöhnen.

Der alten Frau war die Erinnerung einfach *weggeblieben*. Als leerte jemand eine Requisitenkammer im Theater: Langsam verschwanden die Kostüme, die Kulissen, Dekorationen und die sonstigen Versatzstücke. Doch wie ein guter Schauspieler das Rauschen und Fallen der Seiden-, Tuch- und Stoffbahnen für immer behält und nie vergisst, wie sich Taft und Samt anfühlen, wie Pappmaschee, Leim und furniertes Holz riechen, wie Pokale und Kristallkelche klingen, wie Sägemehl und Leidenschaft schmecken und wie farbige Scheinwerfer die agierenden Mimen mit Glanz und Glimmer überstrahlen, so bewahrte der Körper der alten Frau unerschütterlich die in den geleerten Requisitenkammern unbemerkt gespeicherten Erinnerungen weiter auf. Allerdings wurden diese nicht mehr von ihrem Gehirn abgerufen, mit der dazu passenden Dramaturgie und Choreographie, sondern von ihren Nerven und Instinkten.

Statt des Bewusstseins erinnerten sich ihre Nase, der Gaumen, die Zungenspitze, Ohren und Augen und vor allem die Haut. Gewisse Berührungen drangen bis in ihre tiefsten Bewusstseinsschichten, die früher unerreichbar für Worte oder Gedanken gewesen waren. Dass sich nun keine speicherbaren und im Bedarfsfall abrufbaren Bilder mehr über irgendwelche vorherigen Handlungen und Begebenheiten formten und die früheren Bilder einfach in einer anderen Dimension aufgegangen waren, aus der immer seltener und immer komplexer oft kaum deutbare Zeichen auftauchten, daran störte sich bloß ihre Umgebung. Die alte Frau machte alles das überhaupt nicht unglücklich. Freilich litt sie unter Kränkungen, Enttäuschungen und unbefriedigten Reizen, doch ausschließlich im Präsens. Nach einer Zeit der Verwirrung wurde sie wieder sorgenfrei und glitt unbefangen in den Himmel oder in die Hölle des folgenden Augenblicks hinüber. Die meiste Zeit ihres Wachzustandes verbrachte sie, insbesondere dann, wenn sie keine physischen Schmerzen litt, voller Gleichmut. Da schwebte ihr Leben glatt und ungehindert auf der nahezu regungslosen Oberfläche des Seins dahin. Der alte Mann wusste mit Bestimmtheit, dass sich unter der Oberfläche die Umrisse der versunkenen Landschaften genauso abzeichneten wie die Morphologie des

Meeresgrundes. Wollte er mit der alten Frau kommunizieren, musste er diese Gegenden kartographieren. Er machte das systematisch, so gut es eben ging, und steckte die Orientierungspunkte oft nach ehemals gemeinsamen Erinnerungen ab. Bei der Vermessung der Oberflächenformen ging er nach dem Prinzip des Echolots vor und vermochte mit dieser Methode selbst in Zeiten der tiefsten Apathie mit der alten Frau zu kommunizieren. Alle anderen missverstanden sie natürlich dauernd beziehungsweise verstanden sie gar nicht, bewegten sich doch ihre Mitteilungen zumeist in einem für sie nicht zu erfassenden Frequenzbereich. Man hielt sie einfach für dement. Das wurde zwar nie offen ausgesprochen, auch das war ein Teil der elenden Heuchelei, der alte Mann aber wusste genau, was man von ihnen hielt. Das machte ihm jedoch nichts aus, ja, es erfüllte ihn eher mit hämischer Zufriedenheit, brauchte er doch deswegen ihre Tage nicht nach dem so genannten normalen Alltagsleben auszurichten. Schließlich sind wir Idioten, dachte er und tätschelte manchmal zärtlich und zweifellos mit einer ein wenig kindischen Genugtuung die Wangen der alten Frau, wenn es ihnen gelungen war, eine für sie gänzlich sinnlose, für die Außenwelt aber als lebenswichtig angesehene Zwangsaufgabe zu sabotieren. Welch glückliche Überfahrt, jubelte der alte Mann in gütigen Momenten und ließ seinen Blick zufrieden im leicht irisierenden Lichtstreifen aufgehen, der sich dort verdichtet hatte, wo das Blau des leeren Himmelsgewölbes auf das Grün des reglosen Meeres traf. Da hemmten keine feindlichen Wogen und keine ungünstigen Winde ihre Fahrt, noch die Fiktion des Abfahrens und Ankommens. Der leere und breite Schiffsboden hob sich kaum aus dem Wasser. Und doch war kein Plätschern von Wellen zu hören. Als führe das Schiff gar nicht auf dem Wasser, sondern nur lautlos gleitend über die Oberfläche dahin. Auch keine Gischt zerstäubte unter der Reling. Der alte Mann bewegte sich vollkommen sicher um den tischartigen, auf den Schiffsboden gezimmerten Aufbau herum. Er musste sich auch um sein Werkzeug nicht kümmern, was er vor sich platziert hatte, das blieb immer dort, nicht einmal der Bleistift rollte von der ausgebreiteten Karte herunter, auf der sich Zahlen und Zeichen stetig mehrten. Ein andermal aber schleuderte er biblische Flüche gegen alle physischen und psychischen Kräfte, die diesen innen und außen verrotteten, stinkenden, morschen, an allen Spanten leckenden vermaledeiten Seelenverkäufer zusammenhielten und nicht zuließen, dass die submarinen Krusten übereinanderglitten, auf dass er endlich laut- und echolos in die stille, jedem Echolot gegenüber taube Tiefe versinken könne.

Die alte Frau wusch sich oft allein. Hatte sie sich jedoch eingekotet, musste der alte Mann sie waschen. Er ekelte sich vor dem Gestank, vor der Konsistenz des Exkrements, die er immer genau durch das Material der zusammengehaltenen Windel ertastete, vor dessen Farbe, vor der animalischen Menge nach ein, zwei Tagen Verstopfung. Die alte Frau war manchmal störrisch und sträubte sich, wenn er ihr eine neue Windel umlegen wollte. Der alte Mann versuchte es nie mit Gewalt, auch wenn ihm die ganze Prozedur vielleicht schon längst peinlicher war als der alten Frau. Sie ertrug es mit Gleichmut, wenn sie sich von oben bis unten angeschissen hatte. Sei es, weil sie keine Pampers umhatte, sei es, weil die Windel verrutscht war. Von Zeit zu Zeit weigerte sich die alte Frau, sich allein zu waschen. Sie leistete aber keinerlei Widerstand, wenn der alte Mann sie wusch. Dies ging meistens so vor sich, dass der alte Mann abends, vor dem Zubettgehen, heißes Wasser in die Wanne ließ, gut knöchelhoch, dann geleitete er die alte Frau vor die Wanne, half ihr beim Ausziehen und beim Einsteigen in die Wanne, dann nahm er die Handbrause von der Halterung, drehte das Wasser auf, stellte die

Wassertemperatur ein und gab die Brause der alten Frau in die Hand. Die alte Frau nahm sie meistens an und begann, sich vorsichtig und langsam, von unten nach oben gehend zu duschen. Da konnte der alte Mann sie ruhig eine Zeit lang allein lassen, er kam erst wieder, wenn die alte Frau nach seinem Dafürhalten genug vom Duschen hatte. Hatte sie angefangen sich abzuspülen, konnte der alte Mann fast sicher sein, dass sie sich später auch einseifen würde. Eigentlich konnte sie die Abfolge der zum Waschen erforderlichen Handlungen ausreichend gut verrichten, wenn sie die ersten Schritte Richtung Bad getan hatte. Ein anderes Mal aber ging sie zwar bereitwillig ins Badezimmer, zog sich aus, stieg auch in die Wanne, nahm aber die Brause nicht an. Sie stand nur da in der Wanne, und ihr Blick verlor sich hinter der gegenüberliegenden Wand. Wenn es dazu kam, sagte der alte Mann nichts, er stellte nur den Hocker, der für gewöhnlich neben der Waschmaschine stand, in die Wanne und setzte die alte Frau darauf. So war es für sie beide einfacher. Der alte Mann musste sich nicht so viel strecken, und die alte Frau konnte sich länger mit dem warmen Wasser abspülen. Der alte Mann verwendete keinen Waschlappen, er wusch die alte Frau mit den Händen, wobei sie auch die kleinsten Bewegungen des alten Mannes richtig deutete, sie stand auf, wenn sie aufstehen sollte, setzte sich wieder, drehte sich zur Seite, hob ihre Gliedmaßen nach Bedarf oder beugte sich leicht vor. Bald seufzte sie lächelnd, es tat ihr augenscheinlich wohl, wie der alte Mann mit seiner eingeseiften Hand über ihre Haut auf und ab fuhr. Der alte Mann kehrte öfters an gewisse Stellen zurück und bewegte die Hand einmal kräftiger, dann schwächer, einmal langsamer, dann wieder schneller. Die erwärmte Seifenmasse bildete an ihrer beider trockenen, stellenweise aufgesprungenen, rauen Haut einen einheitlichen Film, die beiden Hautoberflächen glitten ohne jeden Widerstand, wie von selbst, ohne den geringsten Kraftaufwand übereinander hinweg. Als seine Beine das Stehen nicht mehr so gut durchhielten, klatschte der alte Mann einige Male sanft auf die eben behandelte Körperpartie der alten Frau, mit dem Klatschen auf die nasse Haut zeigte er an, dass er mit dem Waschen fertig sei, dann spülte er schnell den Körper der alten Frau mit einem starken Wasserstrahl ab, drehte den Hahn zu und gab ihr das Handtuch in die Hand. Sie protestierte niemals, nahm es folgsam an und trocknete sich ein wenig umständlich ab, der alte Mann hatte sich indessen auf den Hocker gesetzt, den er aus der Wanne gehoben und mit einem Handtuch bedeckt hatte. Ihm war, als hätte sich die Haut der alten Frau vollkommen geglättet, als hätte er alle Falten und Beulen mit seiner Hand geebnet und als hätten die rotbraunen Flecken und Warzen ihren Hauch von Schimmel verloren. Die alte Frau war bis zuletzt ganz und gar passiv, sie ergriff nur ein einziges Mal die Initiative, wenn der alte Mann ihr die Seife mit der vollgeschöpften Hand aus dem Gesicht spülte. Berührte die nasse Handfläche ihre Lippen, streckte die alte Frau die Zunge weit und flach aus und leckte dem alten Mann die Handflächen. Der alte Mann empfand das Kitzeln der Zunge als angenehm, und wenn er die Augen schloss, sah er ihr Gesicht deutlich in seiner Handfläche.

Am Morgen war diese Frau wieder erschienen. Ohne jegliche Voranmeldung. Der alte Mann ging in die Küche, und sie war einfach da. Offensichtlich besaß sie einen Schlüssel zur Wohnung. Der alte Mann sagte ihr auch diesmal nicht, dass sie ihn eventuell vor ihrer Ankunft hätte benachrichtigen können, schließlich könnte ihr Besuch ihnen gerade nicht passen. Wenn sie nun aber schon da sei, ist sie eben da, der alte Mann nahm die Tatsache zur Kenntnis und verrichtete seine Arbeit, als wäre er allein. Darin war nichts Beleidigendes. Warum sollte er sich anders verhalten als sonst. Die Anwesenheit der Frau störte ihn nicht, und er hatte mit ihr auch nichts zu schaffen. Die Frau hingegen war durch den Anblick des alten Mannes offenbar beunruhigt, sie ließ ihr Feuerzeug nervös zwischen Mittelfinger und Daumen kreisen und zog immer an ihrer Zigarette, als müsste sie sie vor jedem Zug mit dem Mund erhaschen. Sie saß am Tisch, mit dem Rücken zum Balkon, eigentlich auf dem Platz des alten Mannes, doch war das jetzt egal, denn der alte Mann bereitete sein Frühstück zu wie gewöhnlich, noch vor dem Erwachen der alten Frau. Er machte das jeden Morgen so, warum sollte er jetzt anders handeln, lediglich weil eine Frau in der Küche saß, mit welcher er ansonsten nichts zu schaffen hatte. Als hätte sie gesprochen, ja, sie hat sicher etwas gesagt, wahrscheinlich hat sie gesagt, sie wolle nicht ins Zimmer gehen, wegen des Rauches. Der alte Mann achtete nicht auf sie, er war mit dem Frühstückmachen beschäftigt. Bald darauf zerdrückte die Frau ihre bis zum Filter herabgerauchte Zigarette im Aschenbecher wesentlich gründlicher als nötig, dann sprang sie auf vom Tisch, trat zum alten Mann und sagte kurz angebunden: »G. ist gestorben.« Der alte Mann ließ gerade Wasser in den Wasserkocher rinnen, vielleicht wiederholte die Frau den Satz deshalb. Das Wasser rauschte weiter laut in den Wasserkocher, der alte Mann füllte ihn immer randvoll, morgens trank er richtig viel Wasser, er trank gern warmes Wasser. Die Frau stand weiterhin dicht neben ihm, der alte Mann hatte kaum Platz, mit dem Wasserkocher zu hantieren. »Hast du gehört?«, fragte die Frau völlig überflüssig, freilich hatte er es gehört, schließlich hatte sie denselben Satz zweimal hintereinander ausgesprochen. Offensichtlich wartete sie darauf, dass der alte Mann etwas sagen würde. Was hätte er denn sagen sollen? Wenn G. gestorben ist, ist er eben gestorben, dachte der alte Mann. Er war alt, und alte Leute sterben. Die Frau blieb noch eine Zeit lang in der Küche. Der alte Mann hatte das erneut bemerkt, als sie auf einmal erklärte, nun schon gehen zu müssen. Der alte Mann sagte, sie könne ruhig gehen, er brauche nichts. Was sollte er schon brauchen, er hatte praktisch alles griffbereit. Er schlurfte zur anderen Seite der Küche, nahm zwei Äpfel aus der Glasschale, befühlte sie und stellte fest, dass G. das, was er fühlte, in diesem Fall die glatte, ein wenig kühle Schale des Apfels und das selbst durch die Schale ertastbare leicht breiige Fruchtfleisch, jetzt bestimmt nicht mehr wahrnehmen konnte. Und genauso wenig konnte er wahrnehmen, wie die Schale das Fruchtfleisch des Apfels unter einem zarten, kaum hörbaren Knirschen verließ, als sie sich in gleichmäßigen Spiralen immer weiter nach unten auf das grüne Kunststofftablett kringelte. Nachdem der alte Mann die beiden Äpfel geschält hatte, nahm er die Apfelreibe von der Wand, stellte sie in den vorbereiteten Suppenteller und rieb die Äpfel mit kurzen Rucken hinein. Er musste den sich sofort verfärbenden Apfel beim Reiben mehrmals drehen. Bevor er die Kerngehäuse wegwarf, saugte er die von der Reibe dort zurückgebliebenen Fruchtfleischfetzen ab, spülte die freigewordene Rechte ab, während seine Linke noch die Reibe hielt, dann kratzte er mit dem Schälmesser, mit der stumpfen Seite der Klinge, die Obststückchen aus der Reibe in den Teller. Er legte Reibe und Messer in den Abwasch und schlurfte wieder hinüber zum niedrigen Küchenschrank an der Längsseite der Küche, auf dem die Behälter mit den Getreideflocken hinter der Obstschale aufgereiht standen. Er trug zuerst die beiden zylinderförmigen Kunststoffbehälter zum Teller, den dritten aber, einen dickwandigen Glasbehälter mit Patentverschluss, holte er hinterher. Zuerst gab er die Flocken mit einem Suppenlöffel zum geriebenen Apfel, dann erst schöpfte er aus den beiden anderen, durchsichtigen Kunststoffbehältern. Die Flocken türmten sich im Teller zu regelmäßigen Kegeln, sie bedeckten den Apfelbrei vollständig. Der alte Mann nahm aus dem oberen Küchenschrank, der vor ihm an der Wand hing, eine weiße, bauchige Tasse, am Morgen benutzte er immer diese, weil sich darin die Flüssigkeiten der Ausbuchtung wegen schneller abkühlten, und er füllte sie mit dem heißen, dampfenden Wasser aus dem Wasserkocher. Dann nahm er den Suppenteller in beide Hände und trug ihn hinüber auf den Tisch. Auch die volle Tasse stellte er hin, zur rechten Hand, und er setzte sich davor an den Tisch. Nicht dorthin, wo er für gewöhnlich saß, wenn auch jetzt niemand diesen Platz eingenommen hatte, sondern der Balkontür und dem Licht gegenüber, und er begann, die Körner mit einem kleinen Löffel im Kreis vom Rand der Kegel nach innen zu unter den saftigen Apfelbrei zu rühren. Die verschiedenen bräunlich gefärbten Getreideflocken sogen den Saft auf und nahmen langsam eine dunklere Schattierung an, sie verloren ihre Beweglichkeit und glitschten nicht mehr hin und her, sondern hafteten aneinander, am Löffel oder an der Tellerwölbung. Der alte Mann vermischte die Masse gründlich, dann kostete er sie mit einem nicht ganz vollen kleinen Löffel. Sie schmeckte ihm, wie jeden Morgen. Einen Augenblick lang dachte er an G. und daran, was die Frau gesagt hatte. Kein Zweifel, G. war jetzt außerstande, alles das wahrzunehmen. Ganz und gar außerstande. Und das wäre auch dann nicht anders, wenn es sich anderswo um das sinnliche Erleben ähnlicher oder auch völlig anderer Dinge handelte. Auch die kann er nicht wahrnehmen. Er kann sie nicht wahrnehmen, denn er ist tot.

Der alte Mann nahm von Tag zu Tag weniger aus seiner Umgebung wahr, und je weniger er wahrnahm, umso näher fühlte er sich der Existenz. Die tausenderlei winzigen Wahrnehmungen hintertrieben nämlich seine Aufmerksamkeit, je weniger es wurden, umso stärker, gesammelter wurde seine Konzentration. Er verstand die Wichtigtuerei der Wohlwollenden nicht, die sich an seiner statt an die Nähe gänzlich unnützer Gegenstände klammerten und verstört, ja, ausgesprochen feindlich reagierten, wenn er eines der so genannten nützlichen Hilfsmittel, die das tägliche Leben erleichtern sollten, entfernte. Zumindest begründeten sie es mit ihrer Nützlichkeit, wenn sie irgendwelche neuen, sinnlosen Gegenstände in seiner Nähe platzierten. Ich habe sie einfach auf die Straße hinausgestellt, sagte der alte Mann den selbsternannten Aufsehern, die zwischen den verbliebenen Stücken der lückenhaften Einrichtung hin und her patrouillierten und ihn wie einen Idioten ansahen. Wie hätte er ihnen die Bedeutungslosigkeit der Dinge klarmachen können, auf die sie nicht verzichten wollten? Doch stand es nicht im Geringsten in seiner Absicht, ihnen auch nur irgendetwas verständlich machen zu wollen. Nicht aus Gleichgültigkeit, aus Böswilligkeit oder aus Trotz, sondern aus seinem Taktgefühl heraus. Indes ersannen jene die raffiniertesten Therapien für ihn. Sie dachten, sein unvernünftiges Verhalten könne dadurch in richtige Bahnen gelenkt werden, wenn er ineinanderpassende Gegenstände ineinandersteckte, Farben und Formen zu Paaren ordnete, Zahlenreihen ergänzte oder Kartonblätter von hier nach da verschob. Bereitete er ihnen keine Enttäuschung, waren die Belästigungen schneller vorbei. So erledigte er die Aufgaben teilnahmslos, aber möglichst genau so, wie es von ihm erwartet wurde. Die ihm gegenüber oder neben ihm am Tisch saßen, lächelten in selbstgefälliger Zufriedenheit, sie klopften ihm auf die Schulter, tätschelten seinen Handrücken. Ertappte ihn aber einer von ihnen, wie er zu Hause untätig vor zwei zusammengehörenden Teilen einer ganz einfachen Vorrichtung saß und anstatt die beiden Teile aus ausschließlich ihnen bekannten Gründen zusammenzufügen nur vor sich oder wohin auch immer blickte, trieben sie ihn sogleich gereizt und ungeduldig an. Er hingegen starrte nur weiter irgendwohin, denn wozu sollte er die Teile zusammenfügen, selbst wenn sie zusammengehörten. Mit der Vorrichtung hatte er nichts, aber auch gar nichts zu schaffen und auch nichts mit ihren Teilen. Früher freilich hatte er seine Umgebung niemals enttäuscht. Sie konnte darauf vertrauen, dass er ihren Geschichten entsprach. Wie damals, als er M. besucht hatte. Zufällig hatte es geregnet, also trug er festes Schuhwerk mit dicken Sohlen, und einen Regenschirm hatte er auch bei sich. Nachdem er von M. begrüßt wurde, bemerkte dieser: Ich nehme an, du hast deine Schuhe im Vorraum gelassen. Ich will wissen, ob du deinen Schirm rechts oder links von ihnen abgestellt hast. Und *damals* wusste der alte Mann Dinge dieser Art immer. Heute aber kümmerten ihn weder der Regen noch die festen Schuhe, noch der Regenschirm. Im Übrigen ging er gar nicht aus der Wohnung. Er hatte alles, was er brauchte, und alles das in Reichweite. Noch nie war er dem Körper der alten Frau so nahe gewesen wie jetzt. Zum Beispiel konnte er die in sämtlichen Braunschattierungen vorkommenden kleineren und größeren Flecken und die flachen Auswüchse am Rücken der alten Frau endlos lange betrachten. Es gab auch welche in Schwarz, jedoch ganz harmlose, oder aber rote, im Entstehen begriffene. Der alte Mann untersuchte sie alle systematisch, denn die alte Frau vergaß sie sonderbarerweise nicht und trippelte von Zeit zu Zeit hin zu ihm, wandte ihm den Rücken zu und zerrte umständlich das Oberteil ihrer Kleidung hoch. Der alte Mann setzte sie seitlich auf einen Stuhl, so dass ihr nackter Rücken frei blieb, dann strich er ihr mit der Handfläche über die Haut und markierte die Flecken mit einem sanften Fingerdruck, als kennzeichnete er die Punkte von Sternbildern auf einer Himmelskarte. Der alte Mann kannte die Konstellationen genau, er bemerkte selbst die kleinsten Veränderungen sofort, und dann drückte er etwas stärker auf die veränderte Hautoberfläche. Die alte Frau merkte sogleich auf und sagte kurz, aber fröhlich: Eins. Und der alte Mann stimmte ihr zu: Eins.

Heute war diese Frau wieder den ganzen Vormittag da, und sie unterhielt sich im wahrsten Sinn des Wortes über ihre Köpfe hinweg mit einer anderen, es ging um irgendeine Wohnung, um Möbel, um hygienische Probleme, um gefährliche Situationen, die es zu vermeiden galt, als befänden sie sich geradezu auf einem Seminar für Gesundheitswesen und Unfallverhütung. Die alte Frau setzte ihren Morgenschlaf im Lehnstuhl fort, der alte Mann tat, als schlummere auch er, so war er am wenigsten von jeglicher Kontaktaufnahme, vom Angesprochenwerden bedroht. Er beobachtete milde den Speichel in den Mundwinkeln der einen Frau, der sich dort angesammelt hatte und nun Bläschen warf. Die winzigen weichen Blasen zogen sich später in die Länge und erweckten den Eindruck, als bewegten die feinen Fäden durch ihr Dehnen und Schrumpfen die Lippen. Auf die Wörter achtete er allerdings nicht mehr, er vernahm nur noch, dass das Sprechgeräusch von verschiedener Lautstärke keinen Augenblick lang abbrach. So saßen sie schon eine geraume Weile im Wohnzimmer, als der alte Mann plötzlich bemerkte, dass sie von ihrer Wohnung und von ihnen sprachen. Instinktiv erwachte sein Argwohn, doch erachtete er es so lange nicht für notwendig, in ihr Gespräch einzugreifen, bis die eine Frau sagte, die alte Frau könne nicht sprechen beziehungsweise *sie könne sich nicht richtig ausdrücken* und dass, und hier sprach die Frau einen Namen aus, zweifellos den des alten Mannes. Mit diesem Namen aber konnte sich der alte Mann nicht so richtig identifizieren. Und was nach dem *dass* kam, interessierte ihn nicht im Geringsten. Also fiel er der Frau schlankweg ins Wort, indem er einwarf, die Lage sei vielleicht missverständlich, denn es sei nicht wahr, dass die alte Frau, und hier war nun auch er gezwungen, einen Namen auszusprechen, womit er wiederum gegen seinen Willen genötigt war, die alte Frau mit jenem Namen in Verbindung zu bringen, den die beiden Frauen immer wieder genannt hatten, dass sie also nicht sprechen könne. Weil das *Sich nicht richtig ausdrücken können* genau das bedeute. Er zum Beispiel habe nie, keinen Augenblick lang Schwierigkeiten gehabt, die Worte der alten Frau richtig zu verstehen, und am liebsten hätte er der alten Frau jetzt etwas gesagt, damit sie aufwachte und zu diesen albernen

Leuten spräche, bevor sie noch dachten, sie sei gänzlich dement. Der alte Mann wusste freilich selber, dass das im Augenblick unmöglich war, denn sie befand sich *gerade jetzt* nicht in dem Zustand, auch nur irgendetwas im Sinne der Grammatik der beiden sagen zu können. Keine Frage, zuweilen verstand selbst der alte Mann die Worte der alten Frau nur schwer, weil sie sich oft in ungewöhnlichen Zusammenhängen und staccatoartig äußerte, doch erinnerten ihn auch die oft ganz und gar nicht zusammenhängenden Worte an eine kontinuierliche, bloß nicht immer hörbare Rede. Als hätte man eine fortlaufend ertönende Stimme in eine hermetisch verschlossene, schallisolierte Zelle gesperrt, deren Tür man in unregelmäßigen Intervallen für kürzer oder länger öffnete und dann wieder schloss. Warum aber hätten sie auch weiterhin so sprechen sollen, als säßen sie noch immer plaudernd vor dem Kamin und beachteten allerlei Zeremonien peinlich genau, als hätten sie Anteil am großen Geschehen? Er dachte nicht im Entferntesten daran, dies alles wildfremden Menschen mitzuteilen, doch hätte er dazu auch keine Gelegenheit mehr gehabt, denn die eine Frau drehte sich, noch bevor sie ihren Satz beendet hatte, liebenswürdig zu ihm um und sagte, ist schon gut, Papa, und wandte sich wieder der anderen zu. Der Besuch nahm dann das denkbar schlimmste

Ende, denn zur größten Bestürzung des alten Mannes bewegten sich die beiden Frauen vollkommen vertraut in der Wohnung, sie wussten genau, was wo stand, sie erteilten resolut Anweisungen und verfügten nach Gutdünken, ihr Besuch endete schließlich mit der kompletten Umstellung des Zimmers. Also musste er am Abend die alte Frau zu einem separaten Bett führen, denn ihre Bettstatt war getrennt worden und dem alten Mann fehlte die Kraft, die Betten an ihren ursprünglichen Platz zurückzuschieben. Wiewohl die alte Frau den Großteil des Tages im Zimmer verbracht und die Umstellungsaktion im späteren Verlauf schon ganz wach mitverfolgt hatte, ließ sie sich nicht anmerken, dass sie die Veränderung erkannt hätte. Der alte Mann hatte nach dem erschöpfenden Tag keine Kraft mehr, der alten Frau im Badezimmer zu helfen, er nahm es hin, dass sie sich nur die Hände und das Gesicht befeuchtete, er selbst tat es ihr gleich, und schon gingen sie schlafen. Die alte Frau duldete es fügsam, dass ihr der alte Mann das Nachthemd überstreifte, und schon bald schnarchte sie im Tiefschlaf. Der alte Mann ging langsam zu seinem allein stehenden Bett, und noch bevor er nachdenken konnte, wie er die ursprüngliche Einrichtung des Zimmers wiederherstellen könnte, schlief auch er ein. In der Nacht aber erwachte er von Geräuschen, als würden Gegenstände im Zimmer umgeworfen. Er schlug die Augen auf und lauschte einige Augenblicke lang, ob diese leicht bedrohlichen, dumpfen Plumpsgeräusche nicht etwa einem Traum entstammten. Er setzte sich auf, stützte den Oberkörper mit beiden Händen ab, denn jetzt vernahm er zweifelsfrei, dass die Geräusche aus seiner Nähe kamen und immer näher rückten. Im ersten Moment tastete er an der falschen Seite nach seiner Brille, dann fiel ihm ein, dass das Bett nun an der anderen Wand stand. Endlich fand er die Brille, und es gelang ihm auch, die Nachttischlampe einzuschalten. Die alte Frau durchquerte das Zimmer schwankend, mit geschlossenen Augen, in der Rechten schleifte sie ihre Decke über den Boden. Sie kam immer langsamer vorwärts, denn sie musste auch die inzwischen auf der Schleppe angesammelten, vom Tisch und von den Stühlen heruntergefallenen Gegenstände mitziehen. Der alte Mann war noch nicht imstande zu sprechen, denn die Töne wollten sich nicht gleich aus seiner im Schlaf ausgetrockneten Kehle lösen. So sammelte und schluckte er nur den eingedickten Speichel und folgte der alten Frau mit den Augen, wie sie, einer Erscheinung gleich, das Zimmer durchquerte, schließlich erreichte sie das Bett des alten Mannes und kippte langsam mit der Körperseite, wo ihre Hand frei war, auf die Bettkante, neben den alten Mann. Mit der anderen Hand hielt sie ihre Bettdecke weiter fest, sie versuchte, sich damit zuzudecken, doch brachte sie das nicht fertig, die mitgeschleppte Fracht war zu schwer. Der alte Mann griff im Sitzen über die alte Frau hinweg und zog die Decke über sie. Die alte Frau schnaufte friedlich neben ihm, als hätte sie ihren Schlaf gar nicht unterbrochen. Von da an schliefen sie zusammen in einem Bett. Der stark eingeengte Schlafplatz störte aber keinen von ihnen, denn letztlich verspürten sie nicht weniger Platz im Bett als zuvor, als es noch doppelt so viel davon gab.

Der alte Mann hielt abrupt inne. Die von beiden Seiten hereinströmende Zugluft hatte seinen Körper noch nicht erreicht, die Luftmassen vor seiner Nase aber schon durcheinandergewirbelt. Er hob den Kopf und zog die aus dem offenen Raum hereinstoßende Luft durch die geweiteten Nasenlöcher ein. Ein Geruch nach Steinen, gebranntem Ton, Holz, steinigem Boden, verdorrten Pflanzen und kaltem Blut. Schwere Wassertropfen klatschten monoton auf seinen Rücken. Zur Seite hin konnte er sich nicht bewegen. Das Gewicht der immer wieder auf denselben Ort auftreffenden Wassertropfen ließ dort seine Behaarung sternförmig auseinanderstreben. Der alte Mann spannte seine Brustmuskeln an und zog sich vorwärts.

Es schien, als strebten nur sein Kopf und seine Schultern nach vorne, dem offenen Raum zu, sein Unterleib und die Beine blieben reglos. Er sah sich um. Die Ruinen verdeckten seinen Ausblick nur noch zur Hälfte. Das Gelände war links und rechts dunkel und leer. Er richtete seine Aufmerksamkeit nach vorne, er musste zur anderen Seite hinüber, zu den dunklen, formlosen Trümmerhaufen. Zwischen den festen Schatten erspähte er eine Höhle, einen sicheren Ort, der Nahrung verhieß. Er spannte die Brustmuskulatur noch mehr an, dann weiter, alle seine Muskeln, und mit ihnen zusammen schleppte er die Sehnen, die Haut und den ganzen Körper hinaus auf den Kiesweg. Sein Körper bestand buchstäblich aus zwei eigenen Teilen. Ein Teil vom Bauch abwärts, ein anderer vom Bauch bis zum Kopf. Dieser Teil war stark und intakt. Er schleppte den gänzlich lahmen hinteren Teil des Körpers mit sich. Der Mund des alten Mannes verzog sich zu den Ohren. Zwischen den kaum geöffneten schlabberigen Lefzen stach der gelbe Knochen breit hervor, während er tief aus dem Inneren knurrte. Der scharfkantige Splitt und der trockene, harte Boden scheuerten, zerkratzten und zerschnitten seinen nackten Bauch. Sein Unterkörper lag auf der Erde, die hinteren Beine waren vom Hüftgelenk her ausgerenkt, sie lagen hinter ihm, und er zog sie in ihrer ganzen Länge wie Lappen über die Ackerfurchen hinter sich her. Er bewegte sich mit winzigen, zitternden Rucken vorwärts. Sein Hals wies angespannt nach vorne, die Augen traten hervor, er fletschte die Zähne und stöhnte. Nun schlugen die großen Wassertropfen schon klatschend auf seinen ganzen Rücken. An mehreren Stellen war die Haut an seinem Bauch aufgeplatzt, in den Wunden klaffte das Fleisch auseinander. Quarzsand und Gesteinsmehl hatten die Wunden gefüllt. In der Leistengegend hatten sich Käfer eingenistet, sie bohrten und bissen sich schmerzhaft in das Fleisch. Der alte Mann schnappte reflexartig mit dem Maul dorthin, die Zähne in seinem Fang schlugen krachend zusammen, doch er erwischte die Parasiten nicht. Sein Gesichtsfeld wurde langsam ganz von den dunklen Ruinen eingenommen, soweit es die Dunkelheit zuließ, lief sein Blick über die Gänge in den Hohlräumen, verband die Passagen, markierte in seinem Gedächtnis den Ort des Lichteinfalls und die festen und schwachen Punkte. Er hatte ungefähr zwei Drittel des Weges hinter sich gebracht, als ihm die Vorderbeine einknickten. Die verkürzten Muskeln hielten den Oberkörper noch einige Augenblicke lang zitternd, dann gaben sie nach, zuerst sackte der Oberkörper zu Boden, dann drehte sich der Unterkörper seitlich nach. Er atmete schwer, mit fliegenden Flanken. Seine Augen weiteten sich, zwischen den geöffneten Zahnreihen quoll seine Zunge hervor und berührte den Boden. Doch sobald sein Oberkörper die Erde berührte, strömte die Kraft wieder zurück in seine Muskeln, der kalte Erdboden nahm seinem Körper die fiebrige Hitze. Manchmal hob er ruckartig den Kopf und stach mit der Nase in den Himmel. Er roch immer wieder dasselbe, den Geruch von Stein, gebranntem Ton, Holz, sandig-steinigem Boden, dürren Pflanzen und eine Mischung von kaltem Blut und Feuchtigkeit. Sein Körper schmerzte von unten und von innen, vom Fleisch her, ein anhaltender und dumpfer Schmerz. Er kämpfte sich hoch, aus der Seitenlage in eine Bauchlage, dann stemmte er die vordere Körperhälfte mit den Vorderbeinen hoch und setzte das Schieben und Zerren fort, zur anderen Seite. In seinem Magen brannte der Hunger, in seiner Kehle der Durst, doch war er fast schon an der Höhle, wohin es ihn zog, er war am Fleisch dran, dem unbekannten und süßen, das zerfetzt zwischen den Steinen hervortrat, und der alte Mann biss und riss und fraß es röchelnd und knurrend. Sein eingezogener Schädel glitt zwischen die vorgeschobenen Schulterblätter, der nicht gelähmte Teil seines Rückens beugte sich vor, die anderen Körperpartien lagen entspannt auf dem Boden. Das Regenwasser sammelte sich langsam in der Kuhle, wollte er trinken, musste er lediglich den

Kopf drehen. Sein Blut und die Körperflüssigkeiten wurden bald schwer vom Fressen, der Kopf sank auf einen Ziegel, das Weiße der Augen trat hervor, er schlief einen ohnmächtigen Schlaf. Er erwachte von seinem eigenen Heulen. Er heulte lang und laut, bis sein Bewusstsein auf seine Stimme traf, dann hielt er inne. Der Morgen dämmerte herauf. Er wandte den Kopf zur Seite, zum Glück hatte er die alte Frau nicht geweckt. Die Partien ihres schlafenden Gesichts waren im bläulichen Morgenlicht in den Kissen vage auszunehmen.

Plötzlich und unerwartet überkam den alten Mann ein starker Harndrang. Plötzlich deshalb, weil die angenehm dumpfe, meist bis in den späten Nachmittag anhaltende Müdigkeit nach dem Mittagessen seine Sinneswahrnehmung eingelullt hatte. Der alte Mann schätzte diese Minuten, ja, er liebte sie geradezu, im günstigen Fall konnten daraus Stunden werden, wenn die Gefühllosigkeit einen dünnen, aber dicht gewebten Vorhang zwischen Körper und Bewusstsein fallen ließ, den die Empfindungen gar nicht oder nur in wesentlich abgeschwächter Form zu durchdringen vermochten. Und während das Bewusstsein, vollständig oder nur teilweise von den ständigen Signalen des Körpers befreit, anscheinend nur dahindämmerte, erhellte sich der Geist und räkelte sich müßig an der Oberfläche eines einzigen Gedankens. In diesem Zustand verspürte der alte Mann die langsam anwachsende Spannung seines Unterleibes, die winzigen, in seiner Blase sich mehrenden und verstärkenden Stiche lange nicht. Der ihn stürmisch attackierende Harndrang traf ihn unerwartet, weil sein Organismus die bedeutende Menge an Flüssigkeit, hauptsächlich warmes Wasser, das er in den ersten Stunden nach dem Wachwerden getrunken hatte, in der zweiten Tageshälfte bereits verarbeitet beziehungsweise ausgeschieden hatte. Er öffnete die Augen, und es war ihm, als würde die Gegend um sein Kreuz herum von innen aufgeschlitzt werden. Er lehnte sich, den Oberkörper angespannt, ein wenig vornüber, dabei presste er die Knie stark zusammen. Seine Schenkel, das Gesäß und der Schließmuskel spannten sich an, diese Anspannung beherrschte seinen ganzen Unterleib und hielt den bereits durch die Harnröhre fließenden Harn zurück. Ein, zwei Tropfen hatten möglicherweise entkommen können, ja, vermutlich war das passiert, obwohl der alte Mann, abgesehen von der Zeit am Morgen, seinen Harn noch immer, sogar stundenlang verhalten konnte. Die ziemlich oft an seiner Unterwäsche auftretenden kleinen gelben Flecke bedeuteten nicht das Nachlassen der Schließmuskulatur, sie rührten eher von seiner Ungeduld her, da er oft nicht abwarten konnte, bis der Harn gänzlich aus der Harnröhre geflossen war, und er den noch tröpfelnden Penis sozusagen in die Unterhose hereinzog. Der alte Mann stützte beide Arme auf die Lehnen des Stuhls, umspannte mit den Händen das mit Kunstleder überzogene Stahlrohr und hob sich im Sitzen sachte an. Die alte Frau saß ihm schräg gegenüber, sie hatte den Kopf auf die Brust gelegt und schlief tief und ruhig. Der alte Mann zögerte einen Augenblick lang, vielleicht weil der Stuhl ächzte, dann setzte er sich zurück. Einige Sekunden lang rührte er sich nicht, dann drückte er den Oberkörper langsam gegen die Rückenlehne und starrte entrückt, den Blick erhoben, ins Leere. Ganz langsam entspannte er die Muskeln und ließ zu, dass der Harn aus seiner Blase ablief. Sein Unterbauch spannte sich noch immer schmerzlich, doch nun spürte er nur die wohlige Wärme in seinem vom ablaufenden Wasser durchwärmten Penis. Er schloss die Augen und ließ den Urin fließen. Zuerst durchnässte er seine Unterhose auf einem halb handtellergroßen Fleck, dann den dicken Wollstoff. Der Harn ergoss sich stark und reichlich in die Hose, die aufgestaute Flüssigkeit badete denn auch bald die Hoden und erreichte den Anus. Der alte Mann überließ sich ganz dieser Flut, der Wärme, die in seinem Körper nach und nach aufstieg. Seine Gesichtszüge glätteten sich, an den herabgelassenen Augenlidern erschien ein rötliches, blasses Licht, wie man mit geschlossenen Augen die Sonnenstrahlen an der Innenseite der Lider sieht. Der Harn rann langsam an seinen Schenkeln entlang. Einen Teil sogen die Hosenbeine gleich auf, hier erkaltete er sofort. Doch der alte Mann spürte das nicht, denn der noch immer ausgiebig strömende Nachschub hielt die Haut an Oberschenkeln und Beinen warm. Der Urin sickerte langsam in seine Socken und Schuhe hinab, dann tropfte er durch die weiten Hosenbeine auf den Boden. Als er die Augen öffnete, hatte er schon zu urinieren aufgehört, es konnte aber auch sein, dass noch immer etwas Flüssigkeit aus seiner Harnröhre austrat. Die alte Frau war vermutlich schon eine Weile wach, denn sie starrte den alten Mann, seine in Streifen verfärbten Hosenbeine, die Lache um seine Füße mit weit aufgerissenen Augen verdutzt an, dann fing sie zu lachen an, erst langsam, stockend, dann immer lauter. Der alte Mann neigte etwas den Kopf, lächelte die alte Frau unschlüssig an, dann lachte auch er los, und sie lachten zusammen, befreit, verschwörerisch, sie füllten den Augenblick randvoll mit ihrem selbstvergessenen Glück an.

Der alte Mann erledigte in der Regel vormittags, nachdem er die alte Frau in Ordnung gebracht hatte, seinen Papierkram. Diese Tageszeit empfand der alte Mann als besonders günstig für die Erledigung der von ihm nur Papierkram genannten, weiter nicht genau bestimmbaren Dinge, und er verschob die Agenden nur dann auf die Abendstunden, wenn sich außer ihnen noch jemand in der Wohnung aufhielt. Im ersten geeignet erscheinenden Augenblick nach dem Frühstück begab er sich in den Teil der Wohnung, dessen Fenster auf den Platz gingen, und begann zunächst die Gegenstände in Tischnähe und dann die auf dem Tisch zu ordnen. In den ersten Minuten hantierte er jedes Mal wie auf fremdem Gelände, mit unsicheren, zögerlichen Bewegungen. Ihm fiel es schwer, sich zwischen den verschiedenen Gerätschaften und dem Zubehör zu orientieren. An der Rückenlehne des Stuhls hingen mehrere Kleidungsstücke, Oberbekleidung, schichtweise übereinandergelegt. Er legte je nach Witterung nur eine leichte Weste oder eine dickere Strickjacke an. War es draußen windig und zog der Wind durch die schlecht schließenden Fenster, nahm er die dickere Strickjacke, wenn aber die Sonne das Fensterglas erwärmte, nur die leichte Weste. Besonders wenn es stürmte, versuchte er die beiderseits des Fensters hängenden Gardinen so weit zurückzuziehen, dass sie nur die Fensterrahmen verdeckten und hierdurch den seitlich ins Zimmer schneidenden Luftzug möglichst abhielten, dabei aber das Licht nicht behinderten. Dies erwies sich als gar nicht so leichte Aufgabe, denn auf der Fensterbank standen Dutzende kleiner Gegenstände, die leicht umfielen, sollten sie vom Vorhang angestoßen werden. Es kam vor, dass sie dabei unglücklicherweise sogleich unter lautem Gepolter vom Fensterbrett auf den gusseisernen Heizkörper stürzten oder sogar darunterrollten, von wo sie nur mit recht schwierigen, langwierigen Manövern hervorgeholt werden konnten. Eigentlich hatte er keine Verwendung für diese Gegenstände, sie erinnerten ihn auch an nichts, sie gehörten einfach zur Zimmereinrichtung, und der alte Mann nahm das zur Kenntnis. Auf der Tischplatte herrschte nie Unordnung, bloß lagen die Dinge immer seltener richtig griffbereit, es dauerte jedes Mal länger, bis es gelang, sie in die richtige Reihenfolge und an die richtige Position zur Durchführung seiner Vorhaben zu legen. In den letzten Tagen beschäftigte er sich außerordentlich viel mit der Auswahl des passenden Schreibwerkzeugs beziehungsweise mit dem Studium der Spuren verschiedener Schreibwerkzeuge, die an beiden Seiten des Papiers zu finden waren. Insbesondere die Eigenschaften der Graphitminen verschiedener Härtegrade fesselten seine Aufmerksamkeit. Dies kam vermutlich daher, weil er seit langem wieder das erste Mal einen Bleistift benutzte. Vom Gebrauch elektronischer Medien sah er ganz ab, er hatte sie aus dem Zimmer entfernt. Die Handhabung eines Füllfederhalters fand er zu umständlich, zu gekünstelt und affektiert, die Gräben aber, die ein Kugelschreiber im Papier hinterließ, schienen ihm brutal und grob. Er untersuchte geradezu verschreckt die Rückseite eines mit Kugelschreiber beschriebenen Blattes. Wie geschwollene Male von Rutenhieben auf der Haut, hoben sich die farblosen Abdrücke ab. Er zog die oberste Lade der linken Seite auf, hier verwahrte er die gerade nicht in Gebrauch befindlichen Schreibutensilien, und sein Blick fiel sofort auf einen hübschen, silberfarbenen Bleistift. Früher gebrauchte er vor allem deshalb keine Bleistifte, weil er mit den Anspitzern nie zu Rande kam. Immer wieder brachen ihm die Minen ab. Jetzt hingegen musste er sich nicht mit dem Spitzen abmühen, der silberfarbene Stift war maschinell vorgespitzt und seine Spitze noch unbenutzt. Er nahm den Bleistift und führte die Graphitmine über ein leeres Blatt Papier. Ihm war, als hätte er unverhofft den Weg nach Hause gefunden. Die Bleistiftspitze fuhr glatt und lautlos dahin. Sie gravierte keine Zeichen ein, füllte keine Gräben, sie fuhr gleichsam als Fortsetzung des

Papierblattes weiter auf und ab. Sie setzte die Zeichen nicht auf das Papier, sondern erblühte gewissermaßen auf ihm. Und wenn auch die homogene Verfärbung im Gefolge der Bleistiftspitze durchgehend anhielt, war es nicht mit vollkommener Sicherheit festzustellen, ob diese Verfärbung nun im Entstehen oder im Verschwinden begriffen war. Seither verwendete der alte Mann ausschließlich Bleistifte. Auf ihre Spitze achtete er besonders, übrigens brauchte er den Graphit gar nicht, nur den Schwung der Hände, die Haltung, die Geste. Nach der anfänglichen Unentschlossenheit aber nahm er die Beschäftigung immer zügig auf, und wenn die alte Frau in der Küche nach dem Frühstück glücklich eingeschlafen war, oder irgendetwas ihr Bewusstsein in einem Ausmaß gefüllt hatte, dass ihr die Abwesenheit des alten Mannes nicht auffiel, verbrachte er geruhsame, lange anhaltende Stunden im Zimmer. An jenem Vormittag aber musste er seine Tätigkeit öfter unterbrechen. Die alte Frau entdeckte seine Abwesenheit nämlich bald nach dem Frühstück. Er hörte, wie sie in der Küche auf und ab schlurfte, mit den Töpfen hantierte, an ihrem Kleid nestelte, vor sich hin murmelte oder das Murmeln gar an ihn richtete, doch das störte ihn nicht, denn er konnte aus den mannigfaltigen Lauten und Geräuschen stets genau, gleichsam unterbewusst, jene Signale herausfiltern, bei denen er aufmerken musste. Die von der alten Frau erzeugten harmlosen Hintergrundgeräusche irritierten ihn nicht, sie beruhigten ihn eher, überzeugte er sich doch so unmittelbar davon, dass er seinen Obliegenheiten auch weiterhin ruhig nachgehen konnte. Die alte Frau aber stieß plötzlich die fast ganz zugezogene Tür mit kleinen, kraftlosen Bewegungen auf und erschien unten unbekleidet auf der Schwelle. Sie schlurfte zum alten Mann hin, der am Schreibtisch saß, stellte sich seitlich ganz dicht neben ihn und lehnte ihren nackten Bauch gegen die Schulter des alten Mannes. Der alte Mann wandte sich zu ihr hin, hob den Kopf aber nicht, er tätschelte zärtlich den Oberschenkel der alten Frau. Jetzt geht es nicht, sagte der alte Mann, daraufhin blickte sie über seinen Kopf hinweg in die Ferne, und dann schlurfte sie folgsam in die Küche zurück. Der alte Mann beendete seine eben unterbrochene Tätigkeit und folgte ihr. Die alte Frau saß in der Küche, am vollkommen abgeräumten Tisch und weinte leise. Der alte Mann strich ihr über das Haar, zog sie an und ging in das Zimmer zurück. An jenem Tag schaffte er nicht viel am Schreibtisch, weil die alte Frau ihn noch zweimal im Zimmer besuchte, somit verstrich ein Großteil der Zeit, die dem Papierkram gewidmet war, mit umständlichem Ankleiden. Sie aber genoss das Angezogenwerden sichtlich, kicherte dabei die ganze Zeit, lehnte den Kopf an den alten Mann, plapperte durcheinander und verlangte, nachdem er mit ihr fertig war, jedes Mal ihr Frühstück. Dann fiel sie in einen tiefen Schlaf, offensichtlich vor lauter Erschöpfung. Der alte Mann konnte sicher sein, sich diesmal noch länger als gewöhnlich im Zimmer aufhalten zu dürfen, doch hatte er jetzt keine Lust mehr, zum Tisch zurückzukehren, also blieb er bei der schnarchenden alten Frau, seine Hand auf der ihren, als hätte er sie dort nur vergessen.

Der alte Mann hatte die Socken ausgezogen, er streckte sich lang auf dem Bett aus und deckte sich mit einer Decke zu. Sein Arm lag neben seinem Körper, die Hand locker geöffnet, so lag er auf der Matratze. Sobald sein Körper die gewohnte Lage eingenommen hatte, glitt sein Bewusstsein weich in den eingeübten Zustand, doch hatte die Übung seit langem eine andere Richtung genommen. Er bemühte sich nicht mehr um das Bündeln der Energien, im Gegenteil, er wollte loslassen. Dabei wurde die Energie langsam und schonend aus seinem Körper gesaugt. Zuerst aus der Hand, dann aus dem Arm, aus den Beinen und schließlich aus dem Oberkörper. Er hätte keine Daunenfeder halten können, wäre ihm eine zugeflogen. Sein Körper verlor alle Schwere, als wären ihm alle Feststoffe entzogen worden, er trat aus seiner Hülle und verteilte sich im Luftraum. Dabei erbleichte sein Gesicht, das Kinn trat hervor, und die Nase spitzte sich zu. Sein Bewusstsein zitterte wie ein Häutchen über dem Wasser. Unter dem Wasser zog sich das Land zurück, und die Erde kehrte nie mehr wieder. Alles wurde von Säften überflutet. Speichel rann ihm aus dem Mundwinkel, unterhalb von Nase und Augen erschienen glitzernde Flecken, die unteren Körperöffnungen wurden feucht, und doch brannte die Trockenheit in seinen Augenhöhlen, in der Nase und in der Kehle. Die Zunge wurde zu einem vertrockneten Klumpen Lehm, er roch aus dem Mund und litt unter Atemnot, auch wenn sich sein Brustkorb weiterhin gleichmäßig hob und senkte. Rauch umhüllte sein Gesicht, seine Finger zuckten immer wieder. Sein Bewusstsein zerfiel völlig, ihn schauderte es, nichts da, um ihn zu bedecken, kein Stoff, keine Haut, kein Fleisch, seine Gefäße leerten sich, Kälte überschwemmte alles, kalte Zugluft, die Augen verdrehten sich, der Mund stand offen, in seiner Kehle knisterte es wie trockenes Zellophan. Sein Keuchen wurde langsamer, die Luft strömte nur noch nach außen, sein Atem stockte und setzte schließlich ganz aus. Als hätte er nie anders dagelegen, auf dem Bett lang ausgestreckt, zugedeckt mit einer Decke, die beiden Arme flach neben dem Körper, in regloser

Stille. Dann verengten sich seine Pupillen plötzlich, sein Schädel erzitterte, und er sog die Luft röchelnd ein wie nach einem endlos langen Abtauchen. Die alte Frau schlummerte friedlich auf dem Stuhl oder sie fixierte die auf dem Glas der Balkontür sich spiegelnden Schatten oder sie schlurfte im Zimmer auf und ab, räumte und stellte Sachen um. Dabei sprach sie den alten Mann niemals an. Offenbar dachte sie, er habe sich ein wenig zum Ausruhen hingelegt, denn er lag ja da, lang ausgestreckt auf dem Bett, zugedeckt mit einer Decke, reglos, mit geschlossenen Augen. Das stand ihm auch zu, der Tag war lang, er plagte sich genug. Soll er doch schlafen. Sie bemerkte niemals etwas anderes am alten Mann, weder das Ab- noch das Auftauchen. Wie hätte sie das auch mitbekommen können, beides war nicht zu sehen. Weder das Ab- noch das Auftauchen. Nur den endlos langen Schlaf und darin die auf und ab flackernden Bilder der Träume.

Das Luftschnappen auf dem Balkon am frühen Abend, meistens vor dem Abendessen, fiel nie aus, höchstens einmal bei Regen oder Sturm. Nur selten gab es starken Frost, doch sie gingen zumeist auch da zum Luftschnappen, gegebenenfalls verkürzten sie die Zeit ihres Aufenthaltes draußen. Beide liebten sie die Hitze, vor der sengenden Sonne schützte sie ein altmodischer, aber tadellos erhaltener Sonnenschirm vom Strand. Der war jedoch selten erforderlich, denn die Sonne schien wegen der Lage ihrer Wohnung nur noch selten auf den Balkon, wenn sie am frühen Abend an die frische Luft gingen. Der Gang auf den Balkon unterblieb in der Regel auch dann, wenn sie zu lange in den Nachmittag hineinschlummerten und dem alten Mann nicht mehr genug Zeit blieb, die beiden Körper der Witterung entsprechend einzuwickeln. Dieser Vorgang nahm nämlich nicht wenig Zeit und Erfahrung in Anspruch. Die alte Frau machte beim Anziehen für gewöhnlich gern mit, sie half ihm dabei auch des Öfteren, an besonders trockenen, sonnigen Tagen schaffte sie es sogar, sich vor dem Gang nach draußen fast ganz allein anzuziehen. Der alte Mann aber brauchte, so es nicht ausgesprochen heiß war, viel Zeit für seine Vorbereitung. Er bedeckte seinen Körper jedes Mal beinahe vollständig mit den verschiedensten Kleidungsstücken. Nur Schädel und Hände ließ er frei, die sogar bei strengstem Frost. Zuerst zog er warme Unterwäsche aus Angorawolle an, ein ärmelloses Unterhemd und eine lange Unterhose, dann dicke Kniestrümpfe, die vom Sprunggelenk an über die Unterhose gingen. Erst danach begann er die alte Frau anzukleiden. War er nämlich schon vor ihr ganz fertig, kam er ins Schwitzen, bis er sie auch so weit hatte. War es sehr kalt und mussten sie sich dick einmummen, setzte er sie, schon fertig angezogen, aber noch ohne Mantel, vor das gekippte Fenster, erst danach streifte er, je nach Bedarf, noch kurze, dünne Socken über, eine gefütterte Stoffhose, einen dickeren Pullover, darauf eine Weste und eine Jacke. Dann ließ er die alte Frau aufstehen und sagte ihr: Wir können los. Im Vorzimmer legten sie Schal und Mantel an, sie nahm oft auch ihre Handschuhe, auf den Kopf aber setzte sie auch nichts. Sie lächelten sich an und marschierten auf den Balkon hinaus. Sie saßen praktisch über der Stadt, auf gleicher Höhe mit den ausladenden Kronen der Platanen, die so alt wie sie waren, und wenn sie nicht hinunterblickten, zwischen den dicken kleinen Balustern der Brüstung hindurch, sahen sie nichts von der Stadt. Der alte Mann genoss die Wärme des vollständig eingepackten Körpers mit einer fast animalischen Zufriedenheit, insbesondere, wenn ihm ein kühler Lufthauch über die Stirn strich. Als wäre er von einem dichten Fell bedeckt oder rundum von einer gleichmäßig wärmenden Strahlung oder einer Flüssigkeit umgeben, die kein Grad von ihrer Temperatur verlor. In diesen Minuten fehlte ihm nichts, gar nichts von dem, was die Natur ihm bot, nur im Sommer, wenn er sich auch noch der Socken entledigt hatte und nicht wusste, wo er die nackten Sohlen hinplatzieren sollte. Dann empfand er den Mangel an echtem Boden unter den Füßen, ging er doch das ganze Jahr über in der Wohnung umher, ohne die Erde zu berühren. So saßen sie also auf dem Balkon und ließen sich auslüften, gleichsam eine Fortsetzung der Kronen der uralten Platanen. Bei der Ankunft der beiden Fremden saßen sie auf dem Balkon auch so da, obwohl es auch seit längerem bereits in großen Flocken schneite. Die Frauen suchten sie nicht. Sie dachten offenbar, sie seien im WC und würden bald wieder auftauchen. Sie merkten erst viel später, dass der alte Mann und die alte Frau friedlich auf dem Balkon schlummerten, zärtlich von dicken Schneeflocken zugedeckt. Die beiden einander ein wenig zugeneigten Körper stachen weiß wie zwei Zuckerhüte von der milchigen Abenddämmerung ab.

Sie hatten die Wohnung seit langem nicht verlassen. Der alte Mann hatte mit großer Erleichterung zur Kenntnis genommen, dass die Knorpel in seinen Knien nach wenigen Treppenstufen den Dienst quittierten, besonders auf dem Weg nach oben. Somit konnte er die entbehrlichen und belastenden Kontakte stark einschränken. Seine selbsternannten Pfleger freilich kamen sogleich mit den pfiffigsten Umzugsplänen. Einmal mussten sie sogar in einer Parterrewohnung zur Probe wohnen. Der alte Mann saß den ganzen Tag lang in einem unbekannten verdunkelten Zimmer, wehrlos der tosenden, stinkenden Stadt und dem sogar durch den Stoff der Verdunklungsvorhänge dringenden sinnlosen Blitzen und Blinken ausgeliefert. Die alte Frau aber verschlief die ganze Apokalypse friedlich. Am Abend brachte man sie in ihre Wohnung zurück und behelligte sie mit keinen weiteren Übersiedlungsversuchen. Er wusste, je höher sie wohnten, umso näher kam er dem Zustand, in dem er ausschließlich das tat, was er nicht lassen konnte, und das ließ, was er nicht tun konnte. Die alte Frau aber wurde öfters von Rastlosigkeit ergriffen. Da schlief sie fast den ganzen Tag, manchmal auch des Nachts über, sie wanderte bloß von Zimmer zu Zimmer, von der einen Örtlichkeit zur anderen, und blieb nur so lange stehen, bis sie etwas ein-, aus- oder umgepackt hatte. Sogar im Halbschlaf hörte der alte Mann oft, wie die alte Frau an verschiedenen Orten der Wohnung Schubläden aufzog, Schränke öffnete, mit Plastikbeuteln raschelte und mit Schachteln klapperte. Das hörte er auch, wenn die Wanderphasen abklangen, und selbst, wenn die alte Frau schon neben ihm im Bett schnaufte. Einmal räumte sie zum Beispiel den gesamten Inhalt des riesigen dreitürigen Schrankes aus, bis sie endlich einen kleinen, aber soliden schweinsledernen Koffer fand. Dieser wurde von einem festgezurrten Riemen zusammengehalten, doch die alte Frau öffnete die Schnalle ganz mühelos und ließ den Deckel des Koffers aufspringen. Der war voll mit kleinen, alten Fotos. An denen war sie aber überhaupt nicht interessiert, sie schaufelte die Bilder mit der Hand in einen Kunststoffsack und deponierte ihn in der Küche, neben den anderen Abfallbehältern. Tagelang packte sie die verschiedensten Gebrauchsgegenstände in den Koffer und nahm sie wieder heraus: Bekleidung, Besteck, Hygiene- und Toilettenartikel, indem sie stets bedacht war, alles das möglichst Platz sparend unterzubringen. Der alte Mann mischte sich nie in ihre Beschäftigung ein, er achtete bloß darauf, dass in den Nächten dieser Tage überall genügend Licht brannte, denn die alte Frau blieb stehen, wenn sie ins Dunkle trat, und ging nicht weiter. Bemerkte der alte Mann sie nicht, blieb sie dort im Dunkeln und stand geduldig herum, bis sie es überhatte oder ermüdet war, dann setzte oder legte sie sich auf den Boden und schlief manchmal sogar ein. Kam aber der alte Mann ihr nach und knipste er ihr das Licht an, ging sie sofort weiter. Eines Morgens war der alte Mann noch in der Küche mit dem Zubereiten seines Frühstücks beschäftigt, als sie unerwartet in der Tür erschien und mitteilte: Der Friedrich ist eingetroffen. Der alte Mann antwortete nicht, er rieb seinen Apfel weiter, die alte Frau aber wiederholte ihre Mitteilung. Daraufhin legte der alte Mann den Apfel weg, wischte sich die Hand an einem Küchentuch ab und ging, wohin ihn die alte Frau führte, zum Koffer im Zimmer, wo sie ihm neuerlich sagte, der Friedrich sei angekommen. Der alte Mann nickte und kehrte in die Küche zurück. Die alte Frau vergaß daraufhin den Koffer ganz. Der alte Mann stellte ihn noch am selben Tag zurück in den Schrank, so wie er war, gepackt und ungeöffnet. Manchmal gab sie sich nicht mit dem Herumwandern in der Wohnung zufrieden, sie versuchte sie zu verlassen. Doch mit List und guten Worten ließ sie sich von ihrer Absicht abbringen. Der alte Mann fand einmal in einer Ecke des Zimmers zwischen Wand und Bücherregal eine lange Papierrolle. Er holte, neugierig geworden, ein schweres Kunstdruckpapier daraus hervor. Es war ein farbiges Poster. Das Bild zeigte eine saubere Lichtung, die Stimmung war friedlich, im nahen Hintergrund erhob sich ein monumentaler, schneebedeckter Berg. Der alte Mann brachte das Poster innen an der Eingangstür an, und wenn die alte Frau die Wohnung wieder einmal unbedingt verlassen wollte, fragte er sie, ob sie etwa glaube, dass sie diesen mächtigen Berg überwinden könnte. Sie widersprach nicht. Das Poster hing so lange an der Tür, bis es der alten Frau einmal schlecht wurde und sie ins Krankenhaus gebracht werden musste. Sie setzte sich folgsam auf den Tragesessel, doch als sie merkte, dass die beiden Sanitäter sie durch die beklebte Tür bringen wollten, wurde sie störrisch und teilte ihnen mit, das gehe nicht, und machte eine hässliche Szene. Schließlich legte ihr der alte Mann ihren Lammfellmantel um und setzte ihr auch die Fellmütze auf, woraufhin ihr Widerstand nachließ und sie sich aus der Wohnung bringen ließ. Der alte Mann wartete nicht auf dem Balkon, bis die Ambulanz losfuhr, denn es herrschte eine höllische Hitze, sie hatten seit Tagen nicht einmal Lust gehabt, unter dem Sonnenschirm draußen zu sitzen. Er wartete nur so lange, bis die Leute von der Rettung mit dem Tragesessel und der darauf hockenden, in irrwitzige Felle gehüllten alten Frau durch das Haustor gegangen waren. Die alte Frau war mehrere Tage lang weg. Bevor sie zurückgebracht wurde, hatte er das Poster von der Eingangstür entfernt.

Der alte Mann konnte nicht lesen. Er erkannte den eigenständigen Sinn der Zeichen und Wörter, mit größeren sprachlichen Zusammenhängen aber konnte er nichts anfangen. Nur ausnahmsweise entfaltete sich in seinem Verstand oder eher in seinem Herzen der

Sinn des einen oder anderen Satzes. Diese Ausnahmen wurden indessen nicht von ihm, sondern von der physischen und psychischen Disposition des Satzes geschaffen. Folglich missverstand seine Umgebung seinen geistigen Zustand vollkommen und fasste die Schwierigkeiten des alten Mannes beim Lesen und Verstehen als neue Anzeichen seines Verfalls auf. Dass ihn einige mittlerweile als Idioten betrachteten, störte den alten Mann nicht im Geringsten. Ja, dieser Umstand befreite ihn sogar von der Durchführung von vornherein überflüssiger Tätigkeiten. Alles das entschädigte ihn aber nicht einmal annähernd für seinen Verlust. Lesen war nämlich seine *dritte* Natur. Und er war noch immer nicht so weit, diesen dritten Teil seines Lebens ohne das Gefühl eines herben Verlustes zu verschmerzen. Der Verlust der Lesefähigkeit traf ihn wie eine überaus langsame, tückische, aber unaufhaltsam fortschreitende Lähmung. Die anfangs winzigen unmerklich schleichenden und nicht verinnerlichten Zeichen manifestierten sich später immer klarer, brutaler und ungestümer. Er merkte die Veränderung seines Leseverhaltens das erste Mal, als es zum zweiten oder dritten Mal vorkam, dass er ein Buch nicht zu Ende las. Zwar merkte er die Veränderung, maß ihr aber zunächst keine größere Bedeutung bei. Eigentlich erachtete er es als eine günstige Wendung, dass er nun nicht mehr alle angefangenen Texte zu Ende lesen musste. Selbst dann nicht, wenn er mehr als einmal festgestellt hatte: Du unterbrichst das Lesen eines zweifellos wertvollen Textes. Doch war er einfach *unfähig* weiterzulesen. Er bemerkte die Störung, als er immer mehr Zeit mit dem Auswählen des geeigneten Lesestoffs verbrachte. Er blätterte die Buchseiten im Dutzend durch, schnappte hier und da den einen oder anderen Satz auf, las die Einleitung und das Nachwort, ging die Anmerkungen durch, doch in den Text selbst konnte er sich nicht mehr vertiefen. Das letzte Stadium trat dann von einem Augenblick auf den anderen ein. Er merkte plötzlich, dass sein Kopf ungemein schwer wurde, sobald er ein Buch aufschlug und anfing, den Sinn der Buchstaben zu ergründen, als hätte man ihm alles Blei der alten Lettern um den Hals gehängt. Sein Gehirn wurde von einer zähen, schlafsüchtigen Gleichgültigkeit befallen, und er folgte den Zeilen, Seiten und auch ganzen Kapiteln, ohne dass der Sinn auch nur eines einzigen Zeichens die Schichten von Stumpfheit durchdrang. Immer verzweifelter umgab er sich mit ganzen Stapeln von Büchern. Oft las er ein halbes Dutzend auf einmal, aber nach Durchblättern einiger weniger Seiten legte er jedes Buch wieder weg. Auf einmal verstand er nicht, was diese ausufernden, erfundenen Geschichten von ihm wollten. Als sprächen außerirdische, fremde Wesen zu ihm. Offenbar kannte er ihre Sprache, doch verstand er die eingehenden Beschreibungen und komplizierten Dialoge nicht. Zuweilen spürte er, die Beschreibung spiegelte ihren Gegenstand genau wider, oder der Sprecher sagte genau das und genau so, was und wie es in der gegebenen Situation zu sagen war, doch erreichten ihn die Schwingungen des Gesagten nicht. Die Zeichen besaßen einfach kein Medium, in dem sie sich verbreiten konnten. Sie klebten am Papier, waren in die Fasern hineingepresst. Der Geist hätte nur gemeinsame Sache mit ihnen machen können, wenn er sich in die Niederungen, in das Flächige begeben hätte und auf den weißen Papierblättern Anker geworfen hätte. Er starrte die Buchstaben an, wie präzise aufgespießte und sehr fachmännisch präparierte Exemplare einer ungeheuren Käfersammlung. Er fühlte sich mit dem Verlust der Lesefähigkeit eines beträchtlichen Stückes seiner natürlichen Umgebung beraubt. An Vormittagen hockte er, nachdem er die alte Frau versorgt hatte, hilflos und verwirrt im Zimmer, das zum Platz hin ging, sein Blick sprang unstet hin und her, ein Gefangener, der noch nicht weiß, was seine Wärter mit ihm vorhaben. Noch immer holte er wie unter Zwang den einen oder anderen Band aus dem Bücherschrank, blätterte nervös darin herum, dann stieß er ihn gereizt an seinen Platz zurück, oder er schlief ein, zusammengesunken, mit dem aufgeschlagenen Band in den Händen. Einmal fand ihn die alte Frau so. Zuerst blieb sie in der Tür stehen, trat ratlos von einem Fuß auf den anderen, dann ging sie aber zu ihm hin, bückte sich, berührte mit dem Kopf sachte seine Stirn und stieß so seinen Kopf mit winzigen, zärtlichen Rucken hinauf. Als ihre Gesichter auf einer Höhe waren, stützte sie die Stirn gegen die seine und musterte sein Gesicht. Ihr Blick wanderte erst quer, dann längs, wobei ihre Lippen dem Blick folgten und das Gesicht des alten Mannes abtasteten, den Schmerz gleichsam abweideten. Der alte Mann wachte langsam auf, er öffnete die Augen in den Blick der alten Frau hinein. Ihre Iris war von einer tiefgrünen Klarheit, in der man bis zum Anbeginn der Zeiten hinabschwimmen konnte. Das Buch fiel dem alten Mann aus der Hand. Es klatschte auf den Boden, was ihn kurz aufmerken ließ. Er sah ihr lächelnd in die Augen und wusste: Dort konnte ihm nichts antworten. Nichts.

Der alte Mann wusch sich nicht gern. Er fand Waschen eine vollkommen überflüssige Zeitvergeudung, zu bestimmten Tageszeiten mal kürzer, mal länger auf einer emaillierten Metallplatte im zunehmend drückendem

Dampf herumzustehen und seinen Körper mit dem harten, kalkhaltigen Wasser aus vergammelten Rohren berieseln zu lassen. Gewisse Körperpartien wusch er freilich täglich, die aber auch nur mit lauwarmem Wasser. Er mochte das glitschige, schleimige Gefühl der Seife nicht. Wenn er sich doch zuweilen eingeseift hatte, versuchte er vergeblich, sich die Paste von der Haut zu spülen, sie nahm eine talgige Konsistenz an, kroch ihm in die Poren und verstopfte sie. Seiner ansonsten ohnehin trockenen Haut schadeten das schlechte Wasser und die mit allerlei Chemikalien zusammengebrauten Seifen besonders. Wenn er sich auch sein ganzes Leben lang vor Hautcremes geekelt hatte, war er in letzter Zeit immer öfter gezwungen, sie zu verwenden. Wenn er, wie er es gewohnt war, morgens seinen ganzen Körper mit der flachen Hand abrieb, staubte seine Haut geradezu, sobald er über die ausgetrocknete Haut strich. Und auf seinem Gesicht bildeten sich besonders in den Falten, wo die Nasenflügel an die Wangen trafen, regelrechte kleine Schuppen, die sich, wenn er sie nicht immer wieder eincremte, entzündeten und einen quälenden Juckreiz erzeugten oder ganz austrockneten und sich von der Haut ablösten. Die Ränder der gelblichen Plättchen aber blieben auf der Gesichtshaut haften, und er musste sie immerfort mit den Nägeln abkratzen, um die darunter befindliche neu gebildete Haut mit einer wässrigen Körpercreme versehen zu können. In der Regel putzte er sich am frühen Morgen nur die Zähne und wusch sich die Füße und spülte sich den Unterleib hinten und vorne ab. Er konnte beim Zähneputzen aus der Menge des ausgespuckten Blutes beim ersten Spülen seine physische Verfassung an diesem Tag ziemlich genau ablesen. Noch hielt sein schwächer werdendes Zahnfleisch die vorderen und auch die hinten zwischen Brücken und Kronen eingezwängten Zähne. Das Fleisch seiner Mundhöhle aber reagierte empfindlich auf alle inneren oder äußeren Veränderungen, auf das Wetter oder die Temperatur der Wohnung genauso wie auf sein allgemeines Befinden. An schlimmeren Tagen wackelten seine Vorderzähne wie die eines Abc-Schützen, und er spuckte rotes Wasser in die Waschmuschel. Stand er etwas später auf und war auch das Wetter wärmer, verfärbten sich nur die Borsten der Zahnbürste. Gelegentlich kam es auch vor, dass sein Zahnfleisch ohne jegliche Einwirkung von außen tagsüber blutete. Er merkte genau, wie sein Zahnfleisch dahinwelkte und erschlaffte, und er schmeckte das Blut zwischen den Zähnen. In letzter Zeit duschte er öfters, weil sein Körpergeruch sich verändert hatte. Das überraschte ihn nicht, er kannte das Phänomen, er hatte es an der alten Frau schon bemerkt. Der Geruch war nicht besonders intensiv, doch erinnerte er ihn nicht im Geringsten an Gerüche, die er kannte. Zuerst dachte er, die alte Frau hätte den neuen Geruch von irgendwoher mitgebracht. Er schnüffelte insgeheim an ihren Kleidern, später dachte er an den Gebrauch eines anderen Körperpflege- oder Waschmittels, bald aber roch er ihn auch an der frisch gewaschenen nackten Haut. Es war kein ganz übler Geruch, doch war er anders und nur selten angenehm. Seinen eigenen veränderten Geruch roch er zuerst an der Haut der alten Frau. Es war nicht der Geruch nach Urin oder Kot, der an der Unterwäsche haften geblieben ist, nicht der des gelblich verrottenden pilzbefallenen Nagelbetts, der modernden Mundhöhle, des ermüdeten Mastdarmes, des sich zuweilen ansammelnden Sekrets in den Augenwinkeln. Vielleicht war es gar kein Geruch, nur die Gesamtheit gewisser, lediglich für den Geruchssinn wahrnehmbarer ultrafeiner Elemente. Jedenfalls nahm ihn der alte Mann deutlich wahr, und er war sich sicher, auch andere würden ihn wahrnehmen. Und vergeblich waren alle Versuche, es durch Waschen mit Wasser und Seife zu probieren oder diesen Geruch durch einen anderen zu überdecken. Dieser Geruch gehörte nun endgültig zu ihm, und er breitete sich immer schneller aus, hängte sich an jedes einzelne Atom der Luft und zog es nieder, dieser Vorgang erschwerte und lähmte sogar das Atmen.

Der alte Mann hatte während der Abwesenheit der alten Frau das Sehvermögen verloren. Genauer: Er erkannte die Umrisse aller Gegenstände wie zuvor, er unterschied zwischen helleren oder dunkleren Flecken, doch sah er alles nur in Weiß beziehungsweise in Schattierungen des Weißen. Erst dachte er, das Licht der weißglühenden Sonne habe ihn geblendet und sein Sehvermögen würde in der verdunkelten Wohnung zurückkehren. Er stolperte in das straßenseitige Zimmer, ließ sich auf den ersten besten Stuhl fallen, atmete in einem langen Stoß aus und schloss die Augen. Noch immer sprangen die Bilder der vorhergehenden Szenen vor seinen Augen auf und ab, doch sie waren aus der Reihenfolge ihres Ablaufs gerissen und wollten sich keinem neuen Zusammenhang fügen und flimmerten mit einer schmerzenden Schärfe hinter den Lidern. Lieber wieder die Augen öffnen, doch nur einen Spalt weit, gerade so weit, dass er unter den schwach zitternden Augendeckeln hervorsehen konnte. Dieses überaus feine, dunkle Zittern tat ihm jetzt allerdings wohl, denn es nahm dem Licht, dem auch weiterhin alles überziehenden Weiß die Heftigkeit. Dann muss er eingeschlafen sein, denn er gewahrte auf einmal seine völlig veränderte Körperhaltung. Sein Rücken krümmte sich zu einem Buckel, der Kopf war vornübergefallen, die Schultern ebenfalls, sie folgten den Armen, die zwischen die leicht auseinanderstrebenden Beine gerutscht waren, und aus seiner Kehle kam durch den offenen Mund ein leises, trockenes Zirpen. Er zog die Füße unter dem Stuhl hervor und stützte sich wieder auf die ganze Fläche der Sohlen. Dadurch straffte sich sein Oberkörper, und er lehnte sich wieder zurück, gegen die Rückenlehne. Das Flimmern vor den Augen hatte aufgehört, an seine Stelle war ein homogenes, regungsloses Weiß getreten, als wären seine Lider innen damit überzogen. Er blickte auf und sah nichts als Weiß, allenthalben nur Weiß. Er schaute beim Fenster hinaus und stellte überrascht fest, dass es Nacht war. Anscheinend hatte er ausgiebig geschlafen, dachte er, und er starrte in die regungslose, weiße Nacht. Dann erhob er sich mühsam und machte sich auf in Richtung Badezimmer. Er konnte sich nur mit Mühe orientieren, denn alles war weiß. Der Bogen des hohen Raumteilers mit Bücherregalen voller Bücher, die Holzstatuen auf dem Boden, die Pflanzen, der Teppich, der Spiegel, die Wände und Türen, er musste nicht einmal Licht machen, die Gegenstände leuchteten, als strömte das Weiß von innen nach außen, jedes einzelne Atom von innen aus leuchtend. Er kannte dieses Gefühl, das weiße Gefühl, in dem die Augenblicke einander wie weit hingezogene Flügelschläge in der Zeit folgten, langsam, in gleichmäßigen Wellen und in einer unendlichen Weiße; und er kannte auch die regungslose weiße Stille, die sich oft eben in diesen Augenblicken leise erhob und die die Erinnerung, das Ich aufsaugte, wenn nur die unwillkürlichen Regungen des Körpers in den Nervenbahnen noch arbeiteten. Das war eigentlich kein schlimmer Zustand, jetzt aber erschauerte er vor dem Weiß. Wieder im Zimmer angelangt, zog er seinen Pullover und seine Weste an. Er begriff nicht, warum er so leicht angezogen gewesen war, denn als er aus dem Fenster blickte, sah er den Schnee in riesigen Flocken fallen, was ihn sogleich mit großer Beruhigung erfüllte. Freilich war alles weiß, die Bäume auf dem Platz, das dichte Geflecht der Zweige, die durch das Geäst sichtbare Erde und der von Linien kreuz und quer durchzogene Himmel. Der Schnee hatte alles weiß angestrahlt, dieses Weiß hatte die Einrichtungsgegenstände der Wohnung übergossen, ja, selbst die Innenseite der einen Augenblick lang heruntergelassenen Lider des alten Mannes. Er stand am Fenster, starrte in den fallenden Schnee, und es schauerte ihn nicht mehr. Die langsamen, vollen Flocken schienen hinter dem Fenster stehen zu bleiben. Wie dicke, wattierte, wärmende Mäntel, am liebsten hätte er sich in sie verkrochen. Doch dann verkrampfte er sich urplötzlich, ihm war, als wäre seine untere Körperpartie von winzigen Nadelstichen übersät. Er hatte sein ursprüngliches Ziel ganz vergessen, die Notdurft, die ihn schon im straßenseitigen Zimmer aufs Heftigste bedrängt hatte. Er erreichte das Badezimmer mit Müh und Not noch rechtzeitig. Er warf sich auf den WC-Sitz, und schon entströmte ihm der heiße Urin. Erleichtert stützte er den linken Ellbogen auf den Oberschenkel und legte das Kinn in die Hand. Sonderbar, auch hier, im rundum geschlossenen, fensterlosen Badezimmer setzte sich das Weiß fort. Auf den Fliesen, an der Wand, auf den Gerätschaften, den Handtüchern. Da war es ihm, als hätte sich unter dem Heizkörper etwas bewegt. Ein ganz feiner, dünner Faden verlief dort, als wäre es die Fortsetzung des haarfeinen Spalts unter der Sesselleiste, nur eben nicht parallel, sondern in einem spitzen Winkel von der Wand wegstrebend. Der weiße Schatten näherte sich langsam, aber doch mit flinken Bewegungen. Ohne Zweifel, der alte Mann erkannte sie jetzt genau, es war eine gewöhnliche Knotenameise, *messor structor*, regte sich in seinem Kopf der ehemalige Spezialist. Vermutlich ein männliches Exemplar, denn das Thoraxsegment wurde von einer durchscheinenden weißlichen Membrane, offenbar den Flügeln, verdeckt. Der Petiolus, das Stielchen, war zweigliedrig. Der erste Teil war eher zylindrisch, der hintere kugelförmig. Als das Plätschern des Harns aufhörte, vernahm der alte Mann sofort das hohe, außerordentlich feine Zirpen. Der dünne Faden unter dem Heizkörper aber wurde inzwischen immer länger, denn es war nicht eine, sondern ein ganzer Zug Knotenameisen, die in einem Winkel von ungefähr sechzig Grad zur Wand quer vor den Füßen des alten Mannes vorbeimarschierten. Er beobachtete den Zug der weißen Ameisen fassungslos. Die klitzekleinen, wuselnden weißen Fädchen schwebten wie lang gezogene Nebelschwaden über den weißen Bodenfliesen. Da die Marschrichtung der Ameisen offensichtlich war, glitt der Blick des alten Mannes sogleich voraus bis zu jenem Geviert, das seine Sehkraft nur noch in stark verminderter Schärfe erreichte, dann verharrte sein Blick etwa eine Plattenreihe weiter hinten. Die ersten Exemplare würden diese Fliese schon bald erreichen. Als sie den schmalen Graben der Fuge überwanden, sah der alte Mann die flinken kleinen Körper noch ganz scharf, im nächsten Moment aber verblasste das Bild, und als sie die nächste Rille erreichten, gingen ihre Körper schon ganz im Weißen auf. Der alte Mann bewegte sich nicht, bis das letzte Exemplar vor seinen Augen vorbeidefiliert war und sich wie unbemerkt im weißen Nebel aufgelöst hatte.

Der alte Mann erkannte immer seltener, wer das war, der in der ersten Person Einzahl sprach, wenn zum Beispiel die alte Frau sagte: Ich habe Hunger. Und er verstand nicht, wen das erste Glied der singulären Paradigmenreihe bezeichnete. Sie saßen am leeren Küchentisch, zwischen zwei alltäglichen Verrichtungen, als warteten sie auf irgendetwas. Es kam vor, dass der alte Mann gerade den Tisch nach dem Frühstück abgeräumt, auch das Tischtuch abgenommen, die Krümel auf dem Balkon ausgeschüttelt, das Tuch aber dann doch nicht wieder aufgelegt hatte. Ein hellgrauer geflammter Kunststoffbelag befand sich auf der in Längsrichtung ausziehbaren Tischplatte. Das Material war unfreundlich, es nahm weder die Wärme der Luft noch die des menschlichen Körpers auf. Schon deshalb legten sie immer ein Tuch darüber. Jetzt aber glänzte der Kunststoff ganz leer, offenbar nur so lang, bis der alte Mann genügend Kräfte gesammelt haben würde, um das Tischtuch auf den gewohnten Platz zu legen. Der Tisch stand vor der Balkontür. Das einfallende Licht wurde nur von der Staubschicht auf dem Fensterglas gefiltert. Die alte Frau saß mit dem Rücken zur Tür und blickte auf den Tisch. Sie merkte sofort auf, als auf der sonnenbeschienenen Tischplatte ein dunkelgrauer Schatten erschien, ein handbreiter Streifen, der sich leicht schräg über die ganze Breite des Tisches hinzog. Der Schatten war aus einem Stück, ohne die winzigste Unterbrechung. Aufgetaucht war er etwa in der Mitte des Tisches, dann glitt er ganz langsam auf sie zu und verschwand. Der alte Mann, der der Balkontür gegenübersaß, dachte zuerst, das sei der Schatten eines Vogels, der mit ausgebreiteten Schwingen dahinsegelte. Doch der Schatten erschien alsbald wieder, und er glitt im selben Tempo und in derselben Richtung über den Tisch wie zuvor. Die alte Frau beobachtete den Schatten mit derselben Neugier wie beim ersten Mal. Der Schatten erschien und verschwand dann noch mindestens ein halbes Dutzend Mal, und die alte Frau nahm den Schatten wahr, als würde sie ihn immer das erste Mal sehen. Sie folgten dem Schatten seit seinem zweiten Erscheinen gemeinsam mit den Blicken, doch glaubte der alte Mann etwas anderes zu sehen als sie. Sicher, auch er sah einen grauen Streifen, der leicht schräg über die Tischplatte glitt, doch hatte das nichts damit zu tun, was die alte Frau wahrnahm, erinnerte er sich unwillkürlich immer wieder auch an das zuvor Gesehene, während sie den dunklen Streifen verfolgte ohne jegliche Erinnerung an etwas. Sagte der alte Mann:

Ich erinnere mich nicht, so taten nur seine Worte, als erinnerten sie sich nicht, denn seine Zellen und Nerven, seine Haut, sein Magen und seine Gedärme, seine Muskeln und sein Herz, sie alle erinnerten sich mit tausenderlei Verkettungen. Offensichtlich erinnerte sich auch die alte Frau, doch tauchten ihre Erinnerungen in einer anderen Dimension auf und fielen deshalb oft aus den gemeinsam erlebten Momenten heraus. Und wie die Zeit ihre Kontinuität verlor und nur noch aus einer Reihe hermetisch abgeschlossener Momente bestand, so zerfiel auch die Person, die die alte Frau mit der ersten Person Einzahl bezeichnete, in eine unglaubliche Vielzahl von Personen. Sagte sie: Ich habe Hunger, hatte freilich das »Ich« Hunger, wer sonst? Desgleichen war das »Ich« durstig, als es sie dürstete, und das »Ich« holte sich Brandblasen, wenn sie die Hand auf dem heißen Topf vergaß. Doch war dieses »Ich« nicht von Dauer, seine Elemente entstanden gleich den Bläschen des Brausepulvers, in den leeren Sphären blitzten Empfindungen auf, und schon zerplatzten sie, aufgelöst in der Existenz. Was die alte Frau als »Ich« empfand, war nichts anderes als die Spiegelungen von Bildern, an die Oberfläche der Bläschen geworfen. Die Bilder wuchsen mit ihrem Erscheinen über sich hinaus und strömten durch ihren gesamten Wahrnehmungsapparat, gleichzeitig identifizierte sich ihr Körper restlos mit dem von den Empfindungen direkt gereizten Punkt. Das heißt, wenn die alte Frau hungrig war, so wurde sie zu einem hungrigen Magen, wenn sie Durst hatte, zu einer dürstenden Kehle, und verbrannte sie sich den Finger, wurde sie zur versengten Haut. So waren ihre Reaktionen überaus heftig, hörte aber der Reiz auf, fiel sie sogleich vom Augenblick ab und war prompt sorgenfrei, denn so, wie für sie der nächste Moment nicht existierte, kannte sie auch den vorangegangenen nicht. Und die Geschichten ihres vergangenen Ichs beunruhigten sie nicht, allerdings konnte sie sich auch nicht gegen die Eventualitäten wappnen, die ihrem zukünftigen Ich zustoßen konnten. Nur der alte Mann maß die Zeit, und nur er suchte in ihr unaufhörlich den Inhalt, den er »Ich« nennen konnte. Er befürchtete, wenn er das nicht mehr tun würde, würde er auch die alte Frau verlieren.

Der alte Mann hatte die besten Absichten und den besten Willen, die sprachlichen Zeichen, die ihn aus seinem fremden oder privaten Umfeld erreichten, zu verstehen oder zumindest Interesse für sie zu bezeugen. Seine Aufmerksamkeit aber wandte sich bald von den gesprochenen Worten ab, und er verfolgte, wenn man ihn ansprach, eher die Bewegungen der Lippen oder der zwischen den Lippen rollenden, kullernden Zunge und die Wellenbewegungen der Gesichtsmuskeln unter der Haut. Als beobachtete er ein dreidimensionales anatomisches Objekt, folgte er exakt der Hebung und Senkung, der Dehnung oder Kontraktion der Muskulatur. Laute kamen kaum durch den Anblick durch, und wenn doch, dann nur als Lärm ohne jegliche Bedeutung. Das lenkte seine Aufmerksamkeit nicht ab, im Gegenteil, es verhalf ihm zur Konzentration. Wenn ein Sprecher zu reden begann, verspürte er genau, dass die Laute sinntragende Elemente aufbauten, deren Bedeutung sogar er erfassen könnte, doch kam es ihm überflüssig vor, wie ein Übersetzungsprogramm die Aussage der Elmente nacheinander zu decodieren und festzustellen, dass diese keinen wie auch immer gearteten Inhalt für ihn aufwiesen. Dessen ungeachtet, hörte er, sei es aus Höflichkeit, sei es aus Gewohnheit, jeden geduldig bis zum Ende an. Auch früher verhielt er sich nicht anders, er wandte sich allen, die zu ihm sprachen, offenen Blickes zu, doch hatte er schon damals manchmal Schwierigkeiten, wenn er das Gehörte reproduzieren wollte. Später wurde er gelegentlich gefragt, ob er Ausländer sei, obwohl er die gemeinsame Sprache, seine eigene und der anderen Muttersprache, vollkommen akzentfrei sprach. Die Abendnachrichten im Fernsehen um

19:00 Uhr ließ er aber auch weiterhin nicht aus. Die alte Frau saß in diese Viertelstunden beflissen mit dabei, allerdings schlief sie schon in den ersten Minuten ein. Schaltete er das Gerät ab, wachte sie auf und fragte wie automatisch, was war denn los? Und wenn er antwortete, nichts Besonderes, war in Wirklichkeit nur das erste Wort von Belang. Er hätte doch kaum antworten können, dass ihn statt der Worte lediglich Worthülsen erreichten und in diese sogleich seine eigenen Gedanken hineinströmten, so könnte er der Form nach zwar die Wörter des Fernsehsprechers aufsagen, indem er die von ihm hochgeladenen Wörter wiederholte, aber nicht die Bedeutung, die sie in den Abendnachrichten hatten. Zum Glück musste ihr der alte Mann aber niemals etwas erklären, seine allabendlich wiederholten Antworten stellten sie immer intuitiv zufrieden. Ein anderes Mal vereitelte nicht die Leere des Textes seinen guten Willen, sondern die zwanghafte Anhäufung von Symbolen. Am besten konnte er mit schriftlichen Mitteilungen umgehen. Las er auf dem gelben Post-it-Zettel an der Kühlschranktür »Ich habe das Verzeichnis auf den Tisch gelegt«, fasste sein Verstand den Satz sofort auf, obwohl auch diese kurze Mitteilung nichts anderes als ein Symbol war und gerade diese Eigenschaft der Sprache den ihr innewohnenden Inhalt verdeckte beziehungsweise seine Darstellung unmöglich machte. Er wiederholte den Satz sofort, manchmal auch öfter, nicht, um ihn nicht zu vergessen, sondern weil seinem Verstand die Intonation des Satzes einfach wohltat. »Ich habe das Verzeichnis auf den Tisch gelegt.« Und darunter ein Name, der eine Person symbolisierte. Das aber hatte in diesem Zusammenhang keine Bedeutung.

	Leistung	*Preis*	*Punkte*
1	Erstbesuch	21,00 €	600
2	Folgebesuch	10,50 €	300
3	Wegepauschale	3,21 €	90
4	Wegepauschale 1/2	1,61 €	50
5	Beheizen der Wohnung (je angefangene 10 Min.)	2,80 €	80
6	Aufräumen und Reinigen der Wohnung (je angefangene 10 Min.)	2,80 €	80
7	Pflege der Bettwäsche und Kleidung (je angefangene 10 Min.)	2,80 €	80
8	Einkaufen (je angefangene 10 Min.)	2,80 €	80
9	Kleine Grundpflege	7,70 €	220
10	Große Grundpflege	12,60 €	360
11	Große Grundpflege II	15,75 €	450

12	Hilfe beim Aufsuchen und Verlassen des Bettes (nur mit Grundpflege)	1,75 €	50
13	Hilfe beim Aufsuchen und Verlassen des Bettes	3,50 €	100
14	Spezielle Lagerung (nur mit Grundpflege)	3,50 €	100
15	Spezielle Lagerung	7,00 €	200
16	Kämmen und Rasieren	2,45 €	70
17	Vor- und Zubereitung von Mahlzeiten (je angefangene 10 Min.)	2,80 €	80
18	Einfache Hilfe bei der Nahrungsaufnahme	3,50 €	100
19	Umfangreiche Hilfe bei der Nahrungsaufnahme	10,50 €	300
20	Sondenkost bei impl. Magensonde (PEG)	8,20 €	250
21	Ergänzende Hilfe bei Darm- und Blasenentleerung (nur mit Grundpflege)	2,80 €	80
22	Umfangreiche Hilfe bei Darm- und Blasenentleerung	7,00 €	200
23	Katheterisierung	6,73 €	200

24	Blasenspülung	3,47 €	100
25	Klysma / Klistier	3,21 €	100
26	Stomaversorgung bei Anus praeter (Wechsel und Entleerung des Stomabeutels)	6,38 €	200
27	Digitale Enddarmausräumung	6,41 €	200
28	Wechsel/Pflege Trachialkanüle	5,39 €	150
29	Absaugen der oberen Luftwege	5,39 €	150
30	Bronchialtoilette	5,39 €	165
31	Bedienung des Beatmungsgerätes	5,39 €	150
32	Pflege Venenkatheter / Porth	4,66 €	120
33	Richten Medi 7 Box	7,84 €	220
34	Dermatologisches Bad	2,72 €	65
35	Drainage	2,77 €	65
36	Einlauf	6,41 €	200
37	Dekubitusbehandlung	6,20 €	200
38	Einreibung	2,72 €	65
39	Hilfe bei An- und Ablegen von Kompressionsstrümpfen	2,28 €	65

40	Hilfe bei An- und Ablegen von Kompressionsstrümpfen Kl. II	2,28 €	65
41	Instillation	3,47 €	80
42	Injektion	3,53 €	80
43	Injektion, Richten von	1,07 €	40
44	Verabreichung von Medikamenten	2,72 €	65
45	Flüssigkeitsbilanzierung	2,77 €	65

Lieber Freund!

Diese Anrede wird Sie sicher verwundern, und Sie werden den Sprecher hinter den stummen Zeilen fieberhaft suchen. Ihr Erinnerungsvermögen wird Ihnen vermutlich nicht helfen, trennen uns doch Jahrzehnte von der Zeit unsrer letzten Treffen. Diese haben den größeren Eindruck auf mich gemacht. Vielleicht ahnten Sie damals gar nicht, wie wichtig unsere Bekanntschaft für mich war, wie viel mir die gemeinsam verbrachten Stunden bedeuteten. Ich verehrte in Ihnen nicht nur den väterlichen Freund und Gelehrten, sondern auch meinen hervorragenden Meister. Sie ahnten sicher nichts davon, denn was ich als außerordentliches Geschenk übernehmen durfte, das war Ihr Naturell. Ich wusste, meine Schwärmerei, die ich, eingestanden, nur schwer zurückhalten konnte, wie alle anderen selbst in ihrer Übertreibung glaubhaften Empfindungen auch, hätte Sie befremdet. Die vertrauliche Anrede wird Ihnen nach Verstreichen von so viel Zeit vielleicht nicht als plumper Annäherungsversuch erscheinen. Auge in Auge mit Ihnen wäre ich sicher auch heute weniger vermessen. Doch das Schreiben verführte mich schon immer zur Kühnheit. Als ich im Archiv des Städtischen Arboretums auf Ihre Arbeit stieß, erkannte ich nicht nur mit Erstaunen, wie viel Zeit seit unsrem letzten Treffen verstrichen ist, sondern auch, wie schwer diese Zeitspanne wiegt. Ich war dabei, Material, oder genauer gesagt, Motive für einen schon lang geplanten Aufsatz zu sammeln. Das Thema gehörte zwar nicht zur Botanik, doch rutschte ich bei der Planung der gedanklichen Struktur auf einmal unversehens in gewisse botanische Themenkreise hinein. Ich hoffte, im Archiv des Städtischen Arboretums über diese Fragen Klarheit zu erlangen. Und hier, in diesem erhabenen Saal, der zeitlosen Frieden und Harmonie ausstrahlt, überfielen mich plötzlich in den exzeptionellen, gesegneten Momenten der Ruhe die vergangenen Jahre mit all ihrer Wucht, als wollten sie auch damit den Unterschied zwischen der Zeit unsrer gemeinsamen Spaziergänge und der darauffolgenden gehetzten

Phase verstärken. Ich saß da, in einem prächtig gepolsterten Lehnstuhl, fast ganz allein auf der mit dem warmen Licht einer kleinen Tischlampe beleuchteten Insel des in Halbdunkel gehüllten barocken Saals, und starrte gebannt auf das gewichtige Schriftwerk vor mir. Einen Moment lang war mir, ich fände Blätter der schon lang entschwundenen Epoche meines Lebens hinter dem Einband, schlüge ich nur den dicken Kartondeckel auf. Im Rückblick führt freilich eine vollkommen bruchlose Linie aus dem einen Zeitraum in den anderen, die Erbarmungslosigkeit des Unterschiedes zwischen Vorahnung und Gewissheit zerbricht nur die Seele. Denn es war in erster Linie die Vorahnung, die mich so empfänglich für alles das machte, was Sie und Ihre Wissenschaft für mich repräsentierten. Die Vorahnung, dass innerhalb der Sprache ausschließlich eine authentische Antwort für die grundlegenden Fragen des Seins existiert, nämlich das *Scheitern*. Alles andere ist Blendwerk, und wenn es heißt, die Antworten wären mit einem für das Denken und Aussprechen ungeeigneten Instrument denkbar und formulierbar, so ist das Heuchelei. Selbstverständlich wandte ich mich enthusiastisch an Sie und an die kristallklare Sprache Ihrer Wissenschaft, während die Vorahnung schon unbewusst oder nur als Vorgefühl in meinem Innersten am Werke war.

Wie habe ich Ihr Gefühl für Formen und Proportionen bewundert, vereint mit der Natur und der Natürlichkeit des Geistes, Ihre geistige und materielle Umgebung, in der selbst die kleinste Bewegung eine selbständige, für sich selbst existierende, zugleich aber den ganzen Bewegungsablauf unterstützende Bedeutung besaß. Wie habe ich die in den fachkundigen Händen ihr Ziel niemals verfehlenden Instrumente beneidet, versehen mit einfachen, exakten Aufgaben, die eindeutige Rede, durch die die Gegenstände nicht nur benennbar, sondern auch definierbar wurden. Mit welcher Andacht habe ich in diesen großartigen Folianten geblättert! Wanderten meine Finger die Figuren der uralten Holzschnitte und Kupferstiche entlang, waren die Adern des Laubes, waren die Furchen der Stängel, die Blütenhüllen fast zu spüren. Kaum eine Frage, auf die Sie in den fast ein Dutzend Bänden auf der Anrichte keine Antwort gefunden hätten, während ich schon damals hoffnungslos in irrwitzigen Buchbeständen verloren gegangen war, wo ich dachte, etwas in den eigentlich beliebig austauschbaren Regalen zu suchen. Ich saß da, am langen, übermäßig breiten Holztisch und vernahm in der reglosen Stille auf einmal mein eigenes Murmeln, wie ich mir halblaut den Titel des vor mir liegenden Bandes vorsagte: *Die Flora des Engelsfelsens*. Vielleicht war es die bekannte Farbtönung des Pergamenteinbandes, die mir die Umstände unseres sonderbaren Kennenlernens ins Gedächtnis rief. Offenbar war dieser Umstand nur für mich sonderbar, weil es mich überrascht hatte, dass sich jemand eine Botanisiermappe von einem Buchbinder anfertigen lässt. Wir standen beide vor dem massigen Pult mit der Glasplatte. Sie hatten gerade die bestellten Stücke vom Meister übernommen und prüften ganz vertieft die Qualität der festen Kartons, dabei unterhielten Sie sich leise, worüber, das hörte ich nicht, ich stand ein wenig abseits und besah mir, wie gewohnt, das alte Buchbinderzubehör, das in der Schublade in der Vitrine lag. Ich hatte es nicht eilig, im Gegenteil, es war mir ausgesprochen angenehm, nicht in einen leeren Laden eintreten zu müssen, wo die Geschäfte, die Bezahlung und das Verpacken meiner bestellten und bereitgestellten Schreibhefte rasch abgewickelt sein würden. So konnte ich mich ein wenig in der mir so lieben Umgebung umsehen. Der Meister musste irgendetwas aus der Werkstatt holen. Sie richteten sich auf, als wollten Sie Ihre Ware noch aus einer etwas größeren Entfernung betrachten, da blickte ich unwillkürlich hin. Ich erkannte als Laie nicht sofort, was ich sah, doch das breite, starke Band, in das Kartonpapier eingezogen, erweckte gleich meine Aufmerksamkeit. Es war nicht die Farbe oder das

Material des Bandes, sondern die Art und Weise, wie es die beiden Kartondeckel miteinander verband. Sein Anfang lag außen in der Mitte des einen Kartondeckels, es querte den anderen Deckel und lief ungefähr drei Finger breit über diesen hinaus, dann querte es wieder den einen und lief ins Freie, sodann frei nach oben, wo es durch den oberen Rand beider Deckel lief und hinunter in das mittlere Band einmündete. In meiner *Einfalt* erblickte ich sogleich ein Schriftzeichen in dieser Figur, das in jedem alphanumerischen Abc vorkommende Zeichen aus drei parallelen Linien über- oder untereinander. Diesmal aber fesselten mich der Schwung und die unendlich scheinende Kontinuität. Der Gedanke, dass die Vorstellung der Kontinuität, der Unendlichkeit nicht die Existenz eines Anfangs- und Endpunktes ausschließt. Unser Blick kreist nicht gewichtslos auf derselben unendlichen Bahn, vielmehr enthält jeder einzelne Abschnitt das Abfahren und Ankommen. Ich trat einen Schritt vor und fragte Sie, mich für meine Neugier entschuldigend, welchem Zweck wohl der Behälter dienen solle. Sie erwiderten, das sei eine Botanisiermappe, und da Sie meine leichte Verwunderung offensichtlich sogleich erkannten, fragten Sie ironisch, aber nicht verletzend zurück: »Und was sammeln Sie?« Wir lächelten einander an. Und in diesem Lächeln strömte, als öffnete sich eine Schleuse, der Geist zusammen. Anderen Tages gingen wir schon zusammen auf den Engelsfelsen, und ich bewunderte Sie ganz hingerissen, wie Sie die Pflanzen mit Winkelmesser und Lineal vermaßen und mit einem unwahrscheinlich spitzen Bleistift winzige Zeichen in Ihr dickes, ledergebundenes Notizbuch schrieben. Wir wanderten Wochen und Monate über Ebenen, Hügel, Wiesen, Haine und Raine, durch Wälder und Wasserläufe, später sammelten wir miteinander Pflanzen, ausgerüstet mit einem starken Stahlblattspaten, Taschenmesser und Botanisiermappe, und ich träumte davon, einmal auf einem Karteiblatt eines Herbars meinen abgekürzten Namen hinter den genauen Daten und dem lateinischen Namen der Pflanze zu lesen, wie auf jedem Blatt der Name des Erstbenenners, des ersten Autors vermerkt ist. Ich hatte nie von meinen naiven Ambitionen gesprochen. Jetzt, nach dem Verfassen so vieler und von anderen als wichtig und bedeutend beurteilten Arbeiten denke ich genauso: Aus der Zeit der Vorahnung in der der Gewissheit angelangt, würde vielleicht allein das die Last des Scheiterns erleichtern, wenn einmal doch die Abkürzung meines Namens auf einem Karteiblatt stehen könnte. Sollte ich jemals wieder Kraft zum Aufbrechen haben, ich bräche nur deswegen auf. Meine Kraft aber ist in den letzten Jahren dahingeschwunden. Meine Energien wurden nicht nur durch die unzähligen vergeblichen Fahrten aufgesogen, habe ich doch, seitdem wir uns getrennt haben, fast ausschließlich unfruchtbare Gegenden bereist, um mich herum nur tote, künstliche Materie und die Natur des fiebrigen Verstandes, wo ich nur die Triebe des Kannibalismus, des Autokannibalismus und der Nekrophilie in meine Tasche sammeln konnte. Ich trocknete aus, weil ich endgültig allein geblieben war. Meine Frau, die Ihre Ratschläge und Ihre Natur immer so hoch eingeschätzt hatte, ist mir schon vor Jahren vorausgegangen, sie wurde noch lebendig zu Staub, wie eine Figur aus Sand, die austrocknet. Es war schrecklich mit anzusehen, wie sich der Geist aufgibt, leer wird, wie ein ausgeblasenes Ei, während dessen ganze Horden von Heilern ganz vergeblich an ihrem Körper exerzieren. Eines Abends entdeckte sie, vor der Balkontür stehend, eine der Straßenlampen. Ich kochte gerade Wasser, der Topf war nicht zugedeckt, so lief das Fensterglas der Balkontür ein wenig an. Das Licht der Lampe verlief sich kreisrund auf dem angelaufenen Glas. Meine Frau brachte ihr Gesicht ganz nahe an das weiße, verfließende Licht und sagte, ich weiß, dass der Mond jede Nacht herunterfällt. Ich sehe es. Das war ihr letzter Satz, den ich verstanden habe. Das Ende war fürchterlich, Barmherzigkeit fand ich jedoch nur bei ihr. Bei meiner neu gewonnenen Liebe in den Zeiten der Cholera und des Todes. Ich weiß wohl, es ist eine abstruse Idee, Sie aufzusuchen. Meine Zeilen werden Sie mit hoher Wahrscheinlichkeit gar nicht erreichen. Seitdem ich aber das Werk *Die Flora des Engelsfelsens* ungelesen auf den Rollwagen der Bibliothek zurückgelegt habe, lässt mir der Gedanke keine Ruhe: ob Sie Ihr ausnehmend reiches, prächtiges Herbarium aufbewahrt haben oder ob dies jemand anderer getan hat. Ich erinnere mich fast an jedes Stück darin. Und doch, ich durchforsche meine Erinnerung vergeblich, ich erinnere mich an keines einzigen Blattes Form und Farbe. Ich weiß nur, sie *sind da*, alle miteinander, einzeln und vollständig.

Einmal hatten die Tage des alten Mannes sich aneinandergereiht wie durch weit offene Türen verbundene Säle. Später musste er die immer schwerer aufgehenden Türen schon selbst öffnen, und zwischen den dereinst unmittelbar ineinander übergehenden Räumlichkeiten lagen jetzt Zwischenräume. Der alte Mann hielt hier gern inne, ließ die verschieden lange anhaltenden Depressionen des Erwachens hinter sich, indem er sein nunmehr entschlacktes Bewusstsein an die fast noch reglose Oberfläche des Tagesbeginns heftete. Dieser heikle Balanceakt war sehr delikat, es bedurfte eines glücklichen Zusammenspiels der inneren Verfassung und der äußeren Umstände, damit der alte Mann möglichst lange in diesem überaus erstrebenswerten Zustand verweilen konnte. Die über Nacht angestauten letzten Winde entschlüpften seinen Därmen, die Verdauung arbeitete fast unbemerkt, seine Blase war beinahe leer. Er spülte den übel schmeckenden Belag aus dem Mund und weichte die stachelig vertrockneten Schleimhäute auf. Die Kalkpartikel zwischen den Muskeln und Fasern ordneten sich von seinen Bewegungen wohltuend neu an, allerlei Säfte schmierten die Gelenke, machten die Sehnen elastischer. Tränen befeuchteten seine Augen und den inneren Saum seiner brennenden Augenlider, von den eingetrockneten Sekreten befreit. Schleier des Traumes, die beim Erwachen noch an seinem Gehirn hafteten, waren vollständig verschwunden, ihr feines, zerrissenes Gespinst hatte sein Bewusstsein umflattert wie das halb rohe, schon ausflockende Eiweiß, das durch die Haarrisse der aufgesprungenen Eierschale ins heiße Wasser quillt. Er saß vor der Balkontür, gegenüber dem nicht verhüllten Fenster, und er musste nichts vom Tag erwarten, wie auch der beginnende Tag nichts von ihm erwartete. Die alte Frau schlief fest im Zimmer, die Rohre und Leitungen schwiegen in der Wand, keine Geräusche des erwachenden Morgens drangen von unten oder oben herein, auch die Straßen heulten noch nicht auf wie ein Automotor, von einem dilettantischen Fahrer misshandelt. Der alte Mann saß mit offenen Augen da. Nichts zog ihn hinunter, er musste gegen keinerlei Schwerkraft ankämpfen, nicht aufbrechen, nicht irgendwo ankommen, seinem Bewusstsein stand es frei, sich an der gespannten Oberfläche des sich erweiternden Augenblicks ohne jeglichen Widerstand auszubreiten, und diese Gewichtslosigkeit, die Leichtigkeit durchwärmte seinen ganzen Körper. Er betrachtete das kahle Astwerk der Baumkronen, dieses System von verflochtenen Blutgefäßen, das fast sein ganzes Gesichtsfeld ausfüllte. Er wählte sich einen Punkt aus, von da folgte er den Ästen und Zweigen. Sein Blick durchwanderte oft ganze Labyrinthe, besonders dann, wenn er dem Geäst in derselben Tiefe des Raumes folgen konnte. Er musste die Augen nicht anstrengen, denn bald lenkte nicht mehr er seinen Blick, die Äste machten das für ihn. Nach einer gewissen Zeit konnte er den bereits kartographierten Teil der Baumkrone genau absondern. Die Äste zeichneten sich scharf in der Luft ab, als hätte er die Linien mit Tusche nachgezogen. Das waren außerordentliche Momente. Während in und um seinen Körper die Fäulnis wucherte, drang er immer tiefer ins Mysterium des unendlichen Geflechts ein, und die Konturen der Linien gewannen immer mehr Klarheit und Schärfe.

Der alte Mann bewegte sich nicht oft im Schlaf. Meistens erwachte er in der Position, die er unmittelbar vor dem Einschlafen eingenommen hatte. Er lag immer auf dem Rücken oder auf der Seite, mit angezogenen Knien, die linke Hand auf dem Oberschenkel, die rechte Handfläche unter dem Kopf. In der Rückenlage war es ihm leichter, sein Bewusstsein zu leeren, in der Seitenlage aber atmete er freier. Und doch plante er, sollte es einmal so weit sein, solle man ihn aufsetzen, mit geradem Rücken, dem Fenster, dem Licht gegenüber. Auch jetzt lag er auf dem Rücken, die Arme neben dem Körper ausgestreckt, sein Kopf kaum höher als der Brustkorb. Er glitt langsam, schleppend aus dem Schlaf Richtung Wachzustand, obwohl es noch gar nicht an der Zeit war und er nachts für gewöhnlich nicht grundlos aufwachte. Zwar musste er jede Nacht ein-, zweimal hinaus, doch sah er dieses kurze Aufstehen nicht als Wachsein an, weder er noch sein Organismus. Er verrichtete dann sein Geschäft mechanisch, völlig benommen, und er setzte seinen formal unterbrochenen Schlaf in derselben Lage fort, aus der er sich erhoben hatte. Jetzt schlief er nicht mehr, doch öffnete er die Augen nicht, seine Aufmerksamkeit intensivierte sich instinktiv, er suchte nach dem Grund des Erwachens. Er gewahrte lediglich eine gewisse Übertreibung in seiner Nähe, etwas Unverhältnismäßiges, verglichen mit dem Gewohnten. Als seine Augenlider aufsprangen, wusste er sofort, dass er von der Stille erwacht war, von der reglosen Stille, in der die gleichmäßige, etwas raue Atmung der alten Frau nicht mehr vorhanden war. Die trockenen Schwingungen nahmen im Verlauf der Nacht zu, denn sie bekam durch die Nase schwer Luft, also machte sie den Mund immer weiter auf, wodurch die Schleimhäute in ihrer Mundhöhle zum Morgen hin vollständig ausgetrocknet waren, auf dem Gewebe bildeten sich kleine Dornen, die die Luft in ihrer Kehle sirren ließen. Der alte Mann konnte immer, wenn er bei seinen nächtlichen Wegen aus dem Bett kletterte, an der Lautstärke des Kehlensirrens ziemlich genau feststellen, wie weit die Nacht fortgeschritten war. Nun herrschte aber absolute, bleierne Stille. Er tastete herum, erfühlte aber nur die leere Decke. Er setzte sich auf, kniff die Augen zusammen und suchte in der bläulichen Dunkelheit nach der wohlbekannten Figur, doch das Bett war leer. Die alte Frau ging in der Nacht nie hinaus, ihr Schlaf war gleichmäßig und ruhig, selbst in bewegten Zeiten, und das bedeutete für den alten Mann eine große Erleichterung. Er lauschte nun, kein Laut, weder vom Zimmer her noch von anderen Teilen der Wohnung. Der alte Mann schob sich über die Schmalseite des Betts herunter, obwohl er jetzt auch seitlich, über den leeren Platz der alten Frau, das Bett hätte verlassen können. Er schlüpfte in die Pantoffeln, zog den Morgenmantel über und schlurfte durch das Vorzimmer. In der Küche überraschte ihn die Helligkeit, das weiße, scharfe Licht des Mondes. Die Gegenstände wurden wie von einem kalkigen Widerschein fahl erhellt. Unterwegs zum Badezimmer, das neben jenem Zimmer lag, das auf den Platz hinausging, hatte er fast die ganze Küche durchquert. Dabei saß die alte Frau in der Mitte der Küche, allerdings mit dem Rücken zu ihm, ihre Gestalt war mit den großen schwarzen Kissen im Lehnstuhl fast gänzlich verschmolzen. Als er sich an der gegenüberliegenden Seite der Küche umwandte, stand er gerade vor ihr. Sie kauerte nackt im Lehnstuhl und sah aus, als entstammte ihr Körper einer grauen, unfruchtbaren Erde. Er wagte nicht, sie anzufassen, denn er fürchtete, ihr Körper würde an den Stellen zerfallen, an denen er ihn berührte. Nichts hielt sie, nichts beschützte sie, sie saß in die Kissen eingesunken, ihre Haut mutete an wie ein hingeworfener Lumpen, der auf einem unförmigen Gegenstand hängen geblieben war. Sie schnaufte nicht, sie zitterte nicht, nur ihre Zähne klapperten kaum hörbar, als zirpe ein winziges Insekt inmitten des Raumes. Der alte Mann beugte sich zu ihr nieder, er suchte nach ihrem Gesicht, nach ihrem Atem, doch fand er weder ihren Mund noch die Augen, er gewahrte nur das Zähneklappern und eine Kälte, die aus dem Schatten des hingeworfenen grauen Hügels kam. Er zog den hutzeligen Körper, dem scheinbar alle festen Stoffe entzogen worden waren, an sich und drückte ihn zärtlich, bis dieser allmählich die Wärme seines Körpers und den Rhythmus seines Atmens übernommen hatte. Langsam hob sich ihr Gesicht aus dem grauen Hügel, und sie flüsterte, sie könne nicht schlafen, denn jede Nacht käme ein schwarzer Mann und nähme ihr die Augen heraus. Der alte Mann deckte den nackten Körper mit seinem Morgenmantel zu und führte die Frau ins Zimmer. Er zog ihr noch im Stehen das auf dem Rückweg im Vorzimmer aufgefundene Nachthemd an, dann setzte er sie auf das Bett. Die alte Frau legte sich folgsam auf die Matratze und machte jetzt das erste Mal, seitdem er sie in der Küche gefunden hatte, die Augen auf. Sie lächelte den alten Mann an und schlief bald mit offenen Augen ein.

Die alte Frau mochte es, wenn ihr der alte Mann vorlas. Was er las, war ihr einerlei, die Bedeutung der Wörter erreichte ihren Verstand meistens nicht, sie huschte nur über ihr Bewusstsein hinweg, indem sie dessen Oberfläche fast unmerklich kräuselte, wie ein feiner Lufthauch, der über Gräser streicht. Für sie war der fortdauernde Klang wichtig, der Ton, die Resonanz. Selbst zu den aufgewühltesten Zeiten voller Verzweiflung gelang es fast nur durch Vorlesen, ihren Gemütszustand zu beruhigen oder gegebenenfalls sogar aufzuheitern. Der alte Mann tat nichts anderes, als sich in ihrer Nähe niederzusetzen und ihr etwas vorzulesen. Nicht übermäßig laut, vielmehr sachte, indem er seine Stimme in dem einmal gedämpften, dann wieder geräuschvollen Gewebe aus Tönen, zusammengesetzt aus den Geräuschen der Umgebung, aufgehen ließ. Die alte Frau registrierte bald das gleichmäßige, eintönige Brummen. War sie gerade im Zimmer herumgeirrt, verlangsamten sich ihre Bewegungen Schritt für Schritt, sie gingen ihr sozusagen aus. Sie verharrte in der Zimmermitte und horchte in die Richtung, aus der die Stimme kam. Dann setzte sie sich und hörte klar und deutlich nur noch die Stimme des alten Mannes. Ihre Muskeln entspannten sich, die Gesichtszüge wurden glatt, und ihr Körper saugte den Klang seiner Stimme durch tausend geöffnete Poren ein. Sie räkelte sich wohlig auf den winzigen, durch unsichtbare Pforten nur nach innen strömenden Wogen und überließ ihren gesamten Organismus der feinen Vibration. Alles an Beschwernis, Gebrechen und Bosheit fiel von ihren Zellen ab. Sie saß da, den Kopf zur Seite geneigt, und schwebte in der ätherischen Strömung. Der alte Mann las immer denselben Text vor, zumindest kam es niemals zu einer Abweichung in der Klangfarbe, in der Vibration. Sogar seine Körperhaltung war immer dieselbe. Er krümmte den Rücken ein wenig und fixierte seine beiden eng aneinandergehaltenen Handflächen, als läse er aus ihnen. Die Hände ließ er auch dann nicht sinken, wenn er beim Vorlesen eingedöst war. Einmal schlummerte der eine, dann die andere bei diesem Gemurmel ein. Schließlich schliefen beide, kauerten zusammengesunken und schnarchend im Zimmer, im trüben, ungleichen Licht der ausgedienten Lampen. Ihre Muskeln waren erschlafft, die Gliedmaßen verdreht, sie wirkten in diesem verdächtigen Licht in ihren zerknitterten Sachen und mit den entgleisten Zügen wie zwei etwas mitgenommene, angesäuselte Obdachlose. Der alte Mann erwachte einmal davon, dass sie auf seinen letzten, auch im Traum noch angehaltenen Ton eine bekannte Melodie anstimmte. Sie summten öfters Lieder gemeinsam, die musikalische Erinnerung der alten Frau funktionierte nämlich fast fehlerfrei. Sie erinnerte sich meistens nicht nur an die Melodie, sondern auch an die Liedtexte. Kannte der alte Mann das Motiv, summte er mit. An den Komponisten konnte er sich nicht mehr erinnern, aber ihm fielen gleich mehrere Versionen des Liedes ein, die alte Frau half ihm mit sicherer Intonation über seine Erinnerungslücken hinweg. »*Die Jahre kommen und gehen, / Geschlechter steigen ins Grab, / Doch nimmer vergeht die Liebe, / Die ich im Herzen hab. / Nur einmal noch möchte ich dich sehen, / Und sinken vor dir aufs Knie, / Und sterbend zu dir sprechen: / »Madame, ich liebe Sie!*« Der alte Mann erwachte eigentlich vom letzten Satz so richtig, bis dorthin hatte er die Melodie nur wie im Halbschlaf mit ihr mitgesummt. Sie wechselte nämlich bei den letzten Takten unvermutet in eine höhere Lage und rief beschwingt: »*Madame, ich liebe Sie!*«

Der alte Mann lag auf der linken Seite. Er hatte den linken Ellbogen angewinkelt, und die linke Gesichtshälfte ruhte in seiner Handfläche, als hielte er sie. Die Knie hatte er angezogen, die Oberschenkel bildeten mit seinem Bauch eine Bucht, die fast einem Halbkreis entsprach. Der Halbkreis aber formte die innere Wandung eines runden, gewölbten Gefäßes nach, und dieses Gefäß war bis zum Rand mit Wärme gefüllt. Hielt er still, verharrte auch die Wärme an Ort und

Stelle, und das war sehr angenehm. Wo er Wärme spürte, hatte sein Körper aufgehört zu sein, da gab es nur die Wärme. Wohin seine Pyjamahose verschwunden war, konnte er sich nicht vorstellen. Er schlief selbst in der größten Hitze nicht ohne Schlafanzug, auch das Oberteil hatte er immer in die Hose gestopft, sonst war ihm kalt am Kreuz. Jetzt fror er nicht und war sich trotzdem sicher, hinten nackt zu sein. Im Bett konnte er sich nicht ausgezogen haben, im Liegen, das war ausgeschlossen. Schon lange war es ihm nicht mehr möglich, den Unterkörper im Liegen so weit anzuheben, dass er sich die Hose abstreifen konnte. Im Sitzen hätte er das auch nicht gekonnt, jedenfalls nicht, ohne sich bis an die Bettkante vorzuschieben und die Füße auf den Boden zu stellen. Er erinnerte sich aber nicht, das getan zu haben. Und welchen Grund hätte er gehabt, so zu handeln? Dass er aber unten nackt war, konnte nicht bestritten werden. Sonst hätte sich die Bucht zwischen seinen Schenkeln und der Magengrube nicht mit Wärme anfüllen können. Warum die alte Frau unten nackt war, konnte er sich auch nicht denken. Hat er ihr doch selbst beim Schlafengehen die Pyjamahose angezogen. Sie rutschte mit einer einzigen willigen Bewegung hinein, wie immer, wenn er ihr half. Sie kämpfte sich nur dann mit dem Kleidungsstück ab, wenn sie es allein anziehen musste. Ihr Fuß blieb im Hosenbein stecken, oder sie trat zwischen die beiden Öffnungen, ihre Versuche waren schiere Missgeschicke. Schon bald konnte der alte Mann diesen Bemühungen nicht mehr zusehen, und obwohl er oft der Meinung war, das Ganze sei nur Theater, half er ihr dennoch. An jenem Abend hatte aber er ihr die Hose angezogen, er war müde und wollte das Zubettbringen möglichst bald verrichtet haben. Die alte Frau atmete tief und gleichmäßig. Sie schlief. Doch auch wenn sie nicht geschlafen hätte, hätte sie die Pyjamahose im Liegen nicht herunterbekommen, sie sicher nicht. Der alte Mann machte die Augen auf. Mit dem rechten Auge sah er über die ebenfalls auf der linken Seite liegende alte Frau hinweg. Er erkannte für gewöhnlich ihre Lage an der Form der Decke, denn sie hüllte sich immer fest ein. Jetzt legte sich die Decke aber nicht an ihre Seite an, sondern setzte sich in der Höhe des liegenden Körpers zu ihm hin fort, und daraus folgerte der alte Mann, dass sie unter derselben Decke lagen. Sein Blick verharrte am fast lichtdichten graublauen Store vor dem Fenster. Es mochte spät in der Nacht sein, kein Scheinwerfer glitt außen über den dicken, glatten Leinenstoff. Der alte Mann ließ seinen Blick in derselben Höhe, auf das Innere des Zimmers zustrebend, über die Gegenstände schweifen, ohne sie genauer anzusehen. Keine Konturen, nur die Oberflächen der Dinge tastete er ab, dabei dehnte sich die Wärme oben bis an seinen Brustkorb und unten bis an die Füße aus. Wahrscheinlich hatte er den rechten Arm bewegt, doch spürte er die Hand nicht. Aus der Position des Armes schloss er, dass seine Hand gerade dort gewesen sein mochte, wo die Wärme war, ganz in ihr versunken, in ihr aufgelöst. Sein Blick reiste nun aus der Zimmermitte zurück, in gleicher Höhe, und bis der Blick wieder den Store erreicht hatte, dann schlief auch er tief und ruhig, den ganzen Körper in Wärme getaucht.

Der alte Mann hatte nur Stuhlgang, wenn sein Darm bis zu einem gewissen Grad voll war. Er hatte nicht gerade Verstopfung, doch war sein Gedärm schon übervoll. Er war vielleicht einen Tag über die normalerweise zusammenkommende Füllmenge hinaus, sein Organismus wurde von einer größeren Masse belastet. Sie spannte nicht, sie drückte nur dumpf und anhaltend. Am Morgen erwachte er davon, dass er eine Erektion hatte. Sie war nicht stark und nicht anhaltend, doch überraschte sie ihn. Zuerst dachte er, er müsse Wasser lassen. Doch kein Reiz war da. Er stand auf und machte sich an seine üblichen Verrichtungen in der Frühe. Noch bevor er sein Frühstück angerichtet hatte, überfiel ihn, ungewöhnlich knapp nach dem Erwachen, der Stuhldrang. Nachdem er auf dem WC-Sitz Platz genommen und zu drücken begonnen hatte, spürte er gleich, dass sich eine dichtere, zusammenhängende, schwere Masse nach unten schob. Sonderbarerweise verspürte er den Druck aber nicht im Bauch und dann im Unterbauch, sondern in der Kreuzgegend, links, unter der Niere. Beinahe gleichzeitig damit spürte er, unmittelbar bevor der Kot den Mastdarm verließ, dass eine leicht brennende, warme Materie seine Harnröhre entlanglief. Der lange, dicke Kotstrang fiel in den mit Wasser gefüllten Schlund der Klosettschüssel. Der alte Mann ergriff sein Glied mit Daumen und Zeigefinger unterhalb der Eichel und holte es, die Harnröhrenöffnung nach oben, zwischen den Beinen hervor. An der Spitze zitterte ein dicker Tropfen Sperma, etwas dunkler als Milch getönt. Der alte Mann stutzte, dann riss er zwei Blätter Toilettenpapier ab und wischte den Tropfen weg.

Der alte Mann ließ sich von allem und jedem, was existierte, rühren. So stand er zum Beispiel einmal vor dem Fenster, sein Blick lag auf der hellen Fensterscheibe, da kroch ein schwarzer Käfer, klein wie ein Punkt, in sein Gesichtsfeld. Ein gewöhnlicher, winziger, nichtiger Käfer. Er kroch langsam schräg vor seinem Gesicht dahin, und schon traten ihm Tränen in die Augen, als kröche der Käfer auf seinem Augapfel weiter. Und so geschah es immer wieder, wenn er etwas Lebendiges erblickte, das mit dem eigenen Dasein beschäftigt war. Die Rührung ergriff Besitz von ihm, unwillkürlich und unwiderstehlich. Er spürte, wie die Absonderungen in ihre Kanäle liefen, das Gewebe sich in seiner Kehle verdickte, der zäh gewordene Speichel sich unten im Gaumen sammelte. Das war kein angenehmes Gefühl. Geradezu quälend aber empfand er das Völlegefühl und dass alles das in ihm verbleiben sollte, er vermochte weder die Tränen noch seinen Speichel, noch die in der Nase plötzlich aufgestauten Flüssigkeiten loszulassen. Er fürchtete, sich selbst, das Glas, das Licht zu bekleistern; er befürchtete, seine Füßchen könnten in den Exkrementen stecken bleiben, die Flügel könnten verkleben, und er würde nicht imstande sein, durch die Glasscheibe zu entkommen. Ein gewöhnlicher Käfer. Ein winziger schwarzer Punkt inmitten der unendlichen Glaswüste, aufgespießt vom Blick des alten Mannes. Der Punkt kroch auf dem Augapfel umher, das brachte die Drüsen zum Arbeiten. Der alte Mann rieb seine Augen erst mit der Spitze seiner Zeigefinger, dann mit der ganzen Faust, er blinzelte mit zusammengezogenen

Augen. Dabei sah er einmal den auf der Glasscheibe marschierenden Käfer, dann wiederum die Lichtbrechung in den Tränentropfen, gleichsam von innen, als säße er inmitten der Tränen und würde von dort die an der Oberfläche der Tropfen aufleuchtenden Blitze beobachten. Dann sank ihm der Kopf an die Brust, die Augenlider wurden zu schweren Pferdedecken. Er wollte sich auf der Glasscheibe ausstrecken, die war schön warm, sie wurde den ganzen Vormittag lang von der Sonne beschienen. Das Bild der alten Frau huschte noch durch sein Bewusstsein, was würde sie sagen, fände sie ihn so vor dem Fenster ausgestreckt. Vielleicht würde sie an nichts Böses denken, das hatte es schon früher gegeben, dass er sich dort auf den Teppich legte, dorthin, wo ihn gerade die Kräfte verlassen hatten. Sie erschrak nie, sie rief ihn ein paar Mal, stieß ihn in die Schulter oder in die Seite, dann legte sie sich einfach zu ihm. Das machte ja wirklich keinen großen Unterschied, ob er sich nun dort hinlegte, wo er sich gerade befand, oder einige Schritte weiter, auf der Couch. Er streckte sich auf der Glasscheibe aus, so gut es eben ging, und versuchte sich so zu platzieren, dass eine möglichst große Fläche seines Körpers vom warmen Licht getroffen wurde.

Der alte Mann schlug die Augen auf. Er lag auf dem Rücken, ganz flach, die beiden Arme neben dem Körper ausgestreckt auf der Decke. Sein Inneres war ganz ruhig. Das Licht dämmerte gleichmäßig, es mag auf den frühen Morgen zugehen, dachte er, doch setzte er sich nicht auf, um nach der Uhr zu sehen. Er spürte, es war noch nicht an der Zeit aufzustehen. Er vertraute darauf, dass er ebenso leicht in den Schlaf zurückfinden würde, wie sein Bewusstsein dem Schlaf entglitten war. Er war nicht schläfrig, doch das hinderte ihn in der Regel nicht am erneuten Einschlafen, wenn er einmal vor der Zeit erwacht war. Seine Augen hatten sich rascher als sonst an das Dämmerlicht gewöhnt, woraus er folgerte, dass es nun doch schon später war, vielleicht lohnte es sich gar nicht mehr einzuschlafen. Er sollte eventuell doch einen Blick auf die Uhr werfen, sinnierte er, aber er rührte sich nicht. Das Licht war ihm ausgesprochen angenehm, es schien nicht einmal durch den kleinsten Spalt oder Riss gestört zu werden, es schien ihm wie eine über ihm aufgespannte, vollkommen einheitlich getönte Bahn feinster, überaus gleichmäßiger Textur. Diese Gleichmäßigkeit überraschte ihn, wurden doch selbst zur ruhigsten Zeit des Tages zuweilen Lichtstrahlen von der Straße oder aus den gegenüberliegenden Wohnungen hereingeworfen. Er wandte den Kopf zur Seite, wie immer, wenn er in der Nacht aufwachte, doch tat er das langsamer als sonst, denn er erfreute sich daran, mit dem Blick an der auch seitlich sich fortsetzenden glatten Oberfläche entlangzufahren. Zuerst erkannte er sie gar nicht, denn die Umrisse waren ganz mit dem Hintergrund verschmolzen. Er sah lediglich eine parallel verlaufende, lang hingezogene, nicht allzu hohe ebenmäßige Aufwölbung neben sich. Sofort erkannte er, dass nicht die alte Frau neben ihm lag. Er stützte sich auf die Arme und strengte die Augen an. Neben ihm lag ein alter Mann, friedlich und reglos hingestreckt. Der alte Mann beugte sich nicht zu ihm nieder, er fixierte den anderen nur im Sitzen. Dessen Gegenwart hatte nichts Bedrohliches, wenn sie auch kein gutes Gefühl bei ihm auslöste. Das halblange graue Haar des anderen stand wirr vom Schädel ab, die lange, dicke Nase ragte, wie verlängert, hoch auf, die Lippen waren eingefallen, die Haut am Hals in Falten gelegt. Der alte Mann sprach ihn leise, aber bestimmt an. Er sagte: »Heh.« Und da der andere nicht reagierte, wiederholte er die nicht allzu freundliche Anrede. Keine Antwort. Der andere lag weiter nur reglos da. Der alte Mann blickte kurz ratlos zur Seite, dann verlagerte er sein Gewicht nach links und stieß mit der Rechten ungefähr auf der Höhe der Körpermitte gegen den Haufen neben ihm. Die Decke war weich, doch ließ sich der Stoff trotzdem nicht eindrücken. Daraufhin stieß er ihn mehrmals an, so lange, bis der Haufen zu schwanken begann, als wäre er eine leichte Puppe. Und der andere leierte, wie im Takt des Schwankens: »Was willst du denn? Was willst du denn?« Darauf öffnete der alte Mann die Augen. Das helle Licht überraschte ihn. Er wusste nicht, ob sich das Radio eingeschaltet hatte. Er verwendete den Radiowecker, weil nur er von dessen Signalen erwachte. Offensichtlich war er eingeschlafen, deswegen war es schon so hell. Er drehte sich zur Seite, suchte die alte Frau, das heißt, die parallel verlaufende, lang hingezogene, nicht allzu hohe ebenmäßige Aufwölbung, sie wickelte sich nämlich immer ganz in ihre Decke ein, manchmal lugte nicht einmal ihr Schopf heraus. Jetzt war aber der Platz neben ihm leer, nicht einmal das Leintuch zeigte Knitterfalten. So lang konnte er doch nicht geschlafen haben, dass die alte Frau schon hinausgegangen war. Sie stand ja sonst nur selten vor ihm auf. Der alte Mann stützte sich auf, er drehte sich zur Seite und lehnte sich aus dem Bett. Die alte Frau lag unmittelbar neben dem Bett auf dem Boden, auf dem dicken Plumeau, als hätte sie es geradewegs unter sich ausgebreitet, und schlief friedlich.

Der alte Mann öffnete die Wohnungstür nie. Warum sollte er auch? Er hatte mit niemandem etwas zu schaffen. Wer meinte, mit ihm etwas zu tun haben zu wollen, hatte Zugang zur Wohnung. Er schaltete die Klingel ab, sobald die Besucher die Wohnung verlassen hatten. Diese stellten sie, wie unter Zwang, immer wieder an, bevor sie gingen. Die abgeschaltete Klingel schützte ihn freilich nicht vor dem Anklopfen, eine Gefahr, die nur selten drohte. Wurde aber doch angeklopft, zog er sich, sollte er gerade in der Küche gewesen sein, in das Zimmer zurück und wartete so lange, bis der Anklopfer nicht mehr vor der Türe herumstehen mochte und sich vom Wohnungseingang in einen für den alten Mann sicheren Abstand entfernt hatte. Er verhielt sich im Übrigen nicht im Geringsten feindselig gegenüber den Personen seiner Umgebung. Sein Benehmen war freundlich und zurückhaltend, und das entsprach auch seinem früheren Naturell. Dass er in letzter Zeit die Tür überhaupt nicht mehr öffnete, bedeutete lediglich eine Vereinfachung und durfte nicht als Steigerung seiner Zurückhaltung angesehen werden. Hielt sich aber beim Anklopfen auch die alte Frau in der Küche auf, war er gezwungen, die Tür zu öffnen, denn sie erwachte von diesem Geräusch sogar aus dem tiefsten Schlaf und rückte dann mit dem Ausdruck lebhafter Neugier auf die

Tür vor. Sie erkannte niemanden, doch empfing sie jeden außerordentlich freundlich, als hätte sie liebe alte Bekannte getroffen. Sie drängte sich flink vor dem alten Mann vor, blinzelte begeistert, lächelte liebreich, dann verlor sie von einem Augenblick auf den anderen das Interesse, zog sich zurück und sah den Besuch gleichsam für sich als beendet an. Auch diesmal kam es nicht anders. Der alte Mann spülte das Frühstücksgeschirr, sie saß am Tisch, als bestimmt, aber nicht zudringlich geklopft wurde. Bis sich der alte Mann die Hände abgewischt hatte, stand sie schon im Vorzimmer und wartete, dass die Tür aufginge. Der alte Mann erkundigte sich nie danach, wer die begehrende Person war. Konnte er einmal den Kontakt nicht vermeiden, war es ihm gleichgültig, wer auf der anderen Seite der Schwelle stand. Er wartete ab, ob die alte Frau ein wenig zurücktreten würde, und sagte stets mit derselben, mehr auffordernden als fragenden Betonung: Bitte! Der Mann in der Tür grüßte sie beide herzlich, dann überreichte er dem alten Mann einen verschlossenen Briefumschlag. Dieser nahm ihn, untersuchte ihn aufmerksam, dann gab er ihn mit einem blassen, wie um Entschuldigung bittenden Lächeln zurück. »K. wohnt hier nicht mehr«, sagte er. Die Worte des alten Mannes erzeugten ein offensichtliches Befremden, doch dem Überbringer des Umschlags blieb keine Zeit zum

Antworten, denn der alte Mann war schon von der Tür verschwunden und kam bald mit einem Packen Umschläge zurück. Er reichte die Briefe dem weiterhin jenseits der Schwelle Wartenden und erklärte, die könne er auch mitnehmen, seine Kollegen hätten sie, offenbar ein Missverständnis, in den Postkasten unten eingeworfen und die Nachbarn hätten ihm dann die Briefe heraufgebracht. Nach kurzem Zögern nickte der andere höflich und wandte sich zum Gehen. Diesmal rief ihm ausnahmsweise der alte Mann nach und bat ihn, die Veränderung nach Möglichkeit auch seinen Kollegen mitzuteilen, denn das Aufbewahren fremder Sendungen sei ihm lästig.

Die alte Frau verfolgte die Tage nicht. Die Zeit floss durch sie hindurch wie ein ungeteilter Strom, und in diesem Strom wogten die Empfindungen der im traditionellen Sinn als Vergangenheit, Gegenwart und Zukunft benannten Fiktionen wie unterschiedliche Tiefenströme untrennbar dahin. Und wie auch die Ströme, so unterschieden sich die Empfindungen vor allem durch ihre Temperatur und ihre Fortpflanzungsgeschwindigkeit voneinander. Die Gemütsschwankungen der alten Frau stellten also Temperatur- und Geschwindigkeitsänderungen dar, die der alte Mann mit der Genauigkeit eines Präzisionsinstrumentes registrierte. Er wusste, dass der Gemütszustand der alten Frau mit der Auswahl und der Zubereitung der geeigneten Nahrung optimal reguliert werden konnte. Die in ihrer Umgebung zuweilen auftauchenden Menschen missverstanden diese Eigenart der alten Frau, ihre Phantasie reichte bloß bis zum gemutmaßten Erkennen einer animalischen Sucht nach Fressen. Der alte Mann aber wusste, dass das Zeitgefühl der alten Frau sehr empfindlich auf Geschmack reagierte. Je gieriger sie also die Speisen in sich hineinstopfte, umso mächtiger strömte die Zeit durch sie hindurch. Und genauso bedeutete es ein Anwachsen der Strömung, wenn sie gewisse Speisen zurückwies. Da der eine Tag sich im Bewusstsein der alten Frau nicht vom anderen unterschied, war die übliche Geburtstagszeremonie nur ein sinnentleertes Affentheater. Der alte Mann mischte sich jedoch nie ein, wenn es ihnen beiden auch lästig war, er wartete geduldig ab, ob die Besucher ihre eigenen Bedürfnisse befriedigten und selbstzufrieden abgingen. Erst dann fing der alte Mann seine eigenen Geburtstagsvorbereitungen an. Diesmal kochte er Pflaumenmus ein. Zur Durchführung des kühnen Planes brauchte er wesentlich mehr Zeit und Vorbereitungen als gewöhnlich, und er war sich auch der für ihn qualvollen Folgen des Verzehrs von Pflaumenmus bewusst. Doch aß die alte Frau für ihr Leben gern Pflaumenmus, und er vermochte ihr kaum eine größere Freude zu bereiten, als sie wieder einmal in ein Butterbrot, bestrichen mit frischem, noch dampfendem Pflaümenmus beißen zu lassen. Zuerst wollte er die nötige Menge Obst selber besorgen. Der Transport hätte keine Probleme gemacht, denn er wollte nur für eine Mahlzeit Mus kochen. Er wagte jedoch nicht, die alte Frau alleinzulassen. Deswegen beauftragte er die regelmäßig erscheinende Haushaltshilfe mit der Besorgung. Seinen Plan hatte er ihr gegenüber allerdings nicht erwähnt, und dass die Anweisungen für das Beschaffen des Obstes ihren Verdacht erregen könnten, das befürchtete er nicht. Offensichtlich hatte er noch nie im Leben Mus eingekocht. Dessen ungeachtet, bemerkte er nur so nebenbei, sie solle möglichst kleine, fast schon überreife, am Stängel bereits leicht runzelige Pflaumen bringen. Das Timing des alten Mannes war genau richtig, denn er hatte geahnt, dass das Obst nach dem Kauf noch einige Tage auf dem Tablett verteilt reifen muss. Er hatte sich einen Zeitpunkt zum Muskochen ausgewählt, an dem keinerlei Besuch die Verwirklichung seines Planes bedrohte. Er hatte die alte Frau am frühen Abend gründlich auf dem Balkon ausgelüftet, sie dann ausgiebiger als sonst gebadet, also fiel sie gleich nach dem Zubettgehen in einen tiefen Schlaf. Der alte Mann konnte sich nun ruhig an die Vorbereitungen machen. Er wusch das Obst gründlich, rieb auch die Wachsschicht ab, dann entkernte er die Pflaumen und gab sie in einen hohen Topf. Nach seinem Kalkül würde das Mus im Morgengrauen fertig gekocht sein, und bis die alte Frau aufwachte, würde es so weit ausgekühlt sein, dass sie es zum Frühstück verzehren konnten. Die Nacht war heiß und schwül. Er saß bei weit geöffneter Balkontür mit hochgekrempelten Hemdsärmeln vor dem Herd. Sinnierend rührte er den immer dicker werdenden Brei, und da auch die Geräusche der Stadt bald ganz verstummten, war in der Küche nur das Blubbern der zäher werdenden Masse zu hören. In der dunkelblauen Öffnung der Balkontür winkte stumm das schwarze Laub der Bäume, als säße er in der abendlichen Idylle einer Sommerküche. Auf einmal bemerkte er, dass an der Außenseite seines Armes, der auf seinem Oberschenkel ruhte, eine Wespe herumkroch. Der Arm des alten Mannes sah aus, als bedeckten soeben erst angefeuchtete Oblaten das Fleisch. Auf der fast durchscheinenden, pergamentdünnen Haut leuchteten die schwarzgelben Streifen der Wespe wie von innen angestrahlt. Das Insekt kroch nun langsam und ganz geradlinig vorwärts, wobei es die feinen, geäderten Flügel von Zeit zu Zeit sirren ließ. Der alte Mann beobachtete das an seinem Arm weidende Geschöpf in regloser Heiterkeit. Mit der anderen Hand führte er indessen den Löffel stetig durch das Mus, darum blickte er kurz auf den Topf, jedenfalls war die Wespe auf einmal unbemerkt weg von seinem Arm. Sie wird bestimmt hinausgeflogen sein, dachte er und rührte den aushärtenden Brei weiter. Es war noch früh am Morgen, doch war es schon hell, als die alte Frau lautlos in der Küchentür erschien. Er war vielleicht kurz eingedöst, denn er bemerkte die verstrubbelte Alte erst, als sie bereits an der Schwelle stand. Sie schnupperte erregt, sog den starken, leicht säuerlichen Duft des frischen Muses ein und verließ die Küche bis zum Frühstück keine Sekunde lang. Der alte Mann schloss die Balkontür, zog ihr einen Morgenmantel an, kämmte sie und richtete die unentbehrliche Perlenkette, die sie jeden Abend vor dem Schlafengehen anlegte. Die alte Frau saß mit geradem Rücken, eigentlich recht feierlich am Küchentisch, sie beobachtete das Treiben des alten Mannes mit wachem Blick. Er löffelte dann bald das fertig gekochte Mus auf eine feuerfeste Platte, verstrich es dünn und stellte es auf das breite, steinerne Sims des Balkons. Er deckte den Tisch sorgfältig, und sie konnten sich gleich dem festlichen Mahl widmen. Sie strahlte vor lauter Glückseligkeit, als sie in das Brötchen biss, bestrichen mit Butter und dem lauwarmen, leicht durchscheinenden rubinfarbenen Pflaumenmus. Das Geburtstagsfrühstück war genau so gelungen, wie es sich der alte Mann vorgestellt hatte, und hätte er sich nicht gleich in den ersten Augenblicken so gierig an der Freude der alten Frau gelabt, hätte er sich dem unangenehmen Zwischenspiel bei den ersten Bissen entziehen können. Da war nämlich *noch etwas*, an das er sich partout nicht gewöhnen konnte. Die alte Frau schlang auch an sonstigen Tagen das Essen mit ihrem ganzen Körper, mit einer tierischen Fresslust herunter. Noch hatte sie die halbzerkaute Speise nicht hinuntergeschluckt, schon riss sie den Mund weit auf und schaufelte und schob die nächste Portion hinein. Für gewöhnlich vermied er es, sie dabei anzublicken. Er hätte sich freilich an die andere Seite des Tisches setzen können, um nicht ihr gegenübersitzend essen zu müssen, doch überlegte er sich diese Möglichkeit gar nicht, saßen sie doch schon immer so. Manchmal aber vergaß sich sein Blick zerstreut an der alten Frau, und er erblickte entsetzt den von falschen Zähnen zermatschten, gallertartig eingespeichelten, in der Mundhöhle rotierenden Speisebrei, der dickem, frischem Erbrochenen glich. An jenem Morgen ging der Unfall nicht auf seine Zerstreutheit, sondern auf die Neugierde zurück, mit der er die Freude der alten Frau belauerte. Das Mus klebte wie Pech über und über an ihrer Zunge. Als sich ihre Blicke trafen, lachte sie ihn dankbar an und schob sich ein dick bestrichenes halbes Brötchen in den Mund, wobei sie sich bis zur Nasenspitze vollschmierte.

Die alte Frau saß gern vor dem Fernsehgerät, doch nur Tierfilme vermochten ihre Aufmerksamkeit zu erregen. Sie war aber dem alten Mann nicht gram, wenn er sich etwas anderes ansah. Doch dazu kam es, von den Abendnachrichten abgesehen, nur selten, denn Fernsehen konnte den alten Mann nicht fesseln. Er zappte höchstens hin und her. Er vergnügte sich manchmal damit, unmittelbar vor den schicksalsträchtigen Momenten des Geschehens auf einen anderen Sender umzuschalten. So dehnte er die Momente zwischen den jeweiligen Endpunkten bis in die Unendlichkeit aus. Das Auto, das eben von der Fahrbahn geflogen war, stürzte nie mehr herunter, die abgefeuerte Pistolenkugel schlug nie ein, die geschwungene Faust erreichte keinen Körper, und aus dem zum Schreien geöffneten Mund drang nie ein Laut. Doch meistens wurde dem alten Mann auch das bald zu langweilig. Er suchte einen der Lieblingssender der alten Frau und verließ das Zimmer. Sie schlummerte dann entweder schon, oder sie starrte den Apparat an, ohne dass die Bilder durch ihre Pupillen drangen, die Augen dienten lediglich als Projektionsfläche, wie eine Wand für bewegte Bilder. Wenn aber die Tiere erschienen, merkte sie sofort auf und verfolgte die Vorgänge auf dem Bildschirm nicht nur mit den Augen, sondern mit dem ganzen Körper. Sie wurde ganz rege, wenn die Kamera einzelnen Exemplaren folgte, dann ahmte sie die Bewegungen einzelner Tiere mit einer verblüffenden Genauigkeit und fast gleichzeitig nach. Sie schritt gemeinsam mit dem majestätisch und weich dahinziehenden Puma aus, wiegte den Kopf mit den Straußen, machte Männchen mit der Westblindmaus, die Hand an die Brust gedrückt, verdrehte die Augen mit dem Chamäleon und hob die Füßchen mit den Salamandern. Der alte Mann verfolgte bisweilen vergnügt ihre Darbietungen, wie sich ihr Körper, ihre Bewegungen veränderten. Als hätte sie die Gewandtheit, die Harmonie der Bewegungen und den Gleichgewichtssinn von einem anderen, wesentlich jüngeren und anders aufgebauten Körper geliehen. Oft grübelte der alte Mann nach, wie sie sich wohl entscheiden würde, wenn man sie bei der Wiedergeburt fragte: Welches Tier möchtest du denn werden? Er war sich nämlich sicher, dass sie nicht mehr als Mensch wiederkommen wollte.

Hatte sie Schmerzen, war sie selbst der schiere Schmerz, und auch *außerhalb* des Schmerzes gab es nur den Schmerz. Er füllte jeden Augenblick aus, in seinem vollen Umfang, lückenlos. Die Augenblicke waren vollkommen identisch, jedoch ohne ein Gefühl der Stetigkeit. Denn wie es keinen vorherigen Augenblick gab, so gab es auch keinen folgenden. Es existierte immer nur ein einziger Augenblick, und dieser schloss die alte Frau hermetisch, ohne die geringste Aussicht auf Entkommen in sich ein. War es so weit, erstarrte sie, ihr Körper schien dünn, geradezu durchscheinend geworden zu sein. Ihr Blick verschleierte sich, das Gesicht mutete wächsern an, und trotz des leisen, metronomartig tickenden wiederholten Stöhnens schrillte ihr ganzer Körper vor Lautlosigkeit. Es gab nur eine einzige Dimension, aufgedunsen zu kosmischen Ausmaßen, und diese war deckungsgleich mit ihrer Existenz. Dahin musste der alte Mann die Expedition losschicken, von da musste er sie mit Tabletten, Tropfen, Pulvern, Wickeln und Berührungen zurückholen, das schlimme Licht, die Pein einzeln von ihren Zellen wegstreicheln. Gelang es ihm, sie in sitzender Position zu halten, setzte er sich knapp vor sie hin, lehnte seine Stirn an ihre vor Qual eiskalt verschwitzte Stirn, er flüsterte oder machte bloß den Mund auf und zu und holte die Schmerzen einzeln von der aschgrauen Haut, bis die chemischen Hochöfen in ihrem Leib und die einströmende Atemluft die alte Frau entkrampften und sie erschöpft dem alten Mann entgegenkippte und einschlief. Diesmal aber hatte er den Schmerz nicht beizeiten aufgefangen. Er bemerkte plötzlich eine ganz andere Art von Schweiß auf ihrer Stirn. Er versuchte aufzustehen, doch konnte er sich wegen des ganz entkräfteten Körpers, der auf ihm lag, nicht einmal rühren. Er kämpfte sich frei und erhob sich. Das Genick der alten Frau ruhte oben auf der Stuhllehne. Ihre Gesichtszüge waren entspannt, an ihrer Stirn hatten sich klare, winzige Schweißperlen gebildet, und das leise Stöhnen war nicht mehr zu hören. Ihre Arme hingen von den Seitenlehnen, der Unterkörper und die Füße mit den aufgestützten Fersen waren nach vorne gerutscht. Ihr Morgenmantel stand offen, die Seitenteile hingen bis zum Boden. Bei ihrem Schoß hatte sich eine winzige dunkle Lache auf dem Ledersitz gebildet. Ihr Brustkorb schien reglos, doch der alte Mann wusste, dass sie atmete. Er beugte sich zu ihr, nahm ihr Gesicht in beide Hände und rief mehrmals langsam, aber bestimmt ihren Namen. Sie schlug auch bald die Augen auf, asymmetrisch, einmal das eine, dann das andere, doch sie versank immer wieder von neuem in die Bewusstlosigkeit. Er rief sie unverzagt weiter, wiederholte ihren Namen, vermochte er sie doch nur so zu behalten, solange er sie ansprechen, beim Namen rufen konnte. Er wusste, setzte er nicht sein Rufen fort, würde sie auf die andere Seite hinübergleiten, hinübergezogen werden, wo sich zuerst der Name endgültig zersetzt, noch vor dem Blut, dem Atem oder den Zellen.

Die zu gewissen Zeiten aus oft ungeklärten Gründen in der Wohnung erscheinenden Besucher meinten, das Leben der alten Frau habe aufgehört, weil sie keine für sie zusammenhängend vorstellbare und erzählbare Geschichte mehr hatte. Das »Ich«, das einstens klar einzuordnen war und erkennbare Rollen vertrat, war einfach zerbrochen, zerfallen, wie eine Skulptur aus Sand. Die Sandkörner aber waren nach innen gefallen, sie hüteten die Spuren der Vergangenheit weiterhin, wie Sternenstaub. Sie hatten die Säfte des Lebens, das die alte Frau hinter sich gebracht hatte, aufgesogen, wie auf dem verölten Boden gestreuter Sand, der dann mitsamt der öligen Masse zusammengekehrt wird. An der Stelle des »Ich« und der Fiktion der Geschichte strömte bloß das Geschehen dahin, einmal ruhig, fast reglos, das andere Mal aufgewühlt, aufgezogen oder eben nur im Schlamm der Verzagtheit dahinsickernd. Wenn aber das Verhalten der alten Frau wieder einmal weitschweifig wurde, hielten die Fremden in ihrer

Umgebung sie einfach nur für blöde. Zugegeben, auch der alte Mann war überrascht, als sie auf einmal nicht mehr das Badezimmer betrat. Sie hielt jedes Mal erstarrt inne, als er sie in das Bad geleiten wollte, und war zu keinem weiteren Schritt mehr zu bewegen. Die Leute, die sich gerade in der Wohnung aufhielten, wogen sofort die Chancen für gewisse Maßnahmen ab. Ihm gelang es aber, ihre Aufmerksamkeit vom unerwarteten Zwischenfall abzulenken und die Leute mit ein paar überzeugenden Worten aus der Wohnung zu weisen. Nach dem Abgang der Besucher wandte sich der alte Mann von der Tür ab und beschäftigte sich nicht mehr mit dem ungewöhnlichen Verhalten der alten Frau. Er hoffte, es würde sich nur um etwas Vorübergehendes, eine fixe Idee handeln. Doch er musste sie in das noch immer funktionierende WC am Gang führen, das sie vor dem Umbau der Wohnung benutzt hatten. Der alte Mann schob geduldig Wache am Gang und versuchte sie nach dem Mittagessen wieder in das Badezimmer zu führen. Sie stand wortlos und störrisch vor der Tür und rührte sich nicht. Er ging am Nachmittag demonstrativ und öfter als erforderlich ins Badezimmer. Sie stand bis zuletzt vor der Tür und rief ihn ununterbrochen. Er schloss die Tür nie ab, würde man ihn dort suchen, sollte man nicht die Tür aufbrechen müssen. Die alte

Frau aber öffnete nicht die Tür, solange er drinnen war. Jetzt auch nicht, sie rief ihn nur beharrlich. Sie tat es nicht unangenehm, doch war den Lauten und ihrer Betonung zu entnehmen, dass sie die Gewissheit ihrer eigenen Stimme genauso brauchte, wie sie auf seine Antwort wartete. Sie betrat das Bad den ganzen Tag lang nicht und antwortete auf seine Nachfrage immer nur, ein Vogel würde an der Wand sitzen. Der alte Mann antwortete darauf nicht, er geleitete sie nur fleißig zum WC auf dem Gang, dann montierte er den Spiegel im Bad ab. »Du kannst hineingehen, der Vogel ist nicht mehr da«, sagte er. Und sie betrat von da an wieder das Badezimmer.

Der alte Mann mochte die Tage, an denen er in die Zeit hineinblicken konnte wie in ein leeres Gefäß, aus dem doch die Welt auf ihn zurückschaute. Er tat dies unvoreingenommen und absichtslos, wie es seinem Naturell entsprach. Sie saßen friedlich beieinander, die alte Frau plapperte pausenlos wirr durcheinander, er aber musste gar nichts sagen. Ihre Körper hatten ihnen Urlaub gegeben, weder in ihnen, noch um sie herum herrschten irgendwelche Zwänge vor. Er saß da gern, dem Licht gegenüber. Durch seine heruntergelassenen Lider schien die Sonne herein, Wärme kleidete seinen Körper von innen aus. Die

Gedanken waren stetige, richtungslose Wellen, von keiner Sprache, von keinen zur Routine verkommenen Worthülsen gesteuert. Das Zirpen der alten Frau lullte ihn ein, sein Dasein bestand nur aus warmem Licht und Lauten. Manchmal blinzelte er unter seinen Augenlidern hervor, damit erdete er den Augenblick gleichsam mechanisch an dem einen oder anderen hervorspringenden Gegenstand der Umgebung, dann folgte wieder das Schweben, wie die Wärme sich von den unteren Luftschichten nach oben ausbreitet, ohne sich selbst abzustützen oder etwas anderes zu halten. Dabei schlummerten die beiden immer wieder gegenseitig in den Schlaf des anderen hinein, vielleicht träumten sie sogar, und es war bedeutungslos, ob nun die Ebenen sich ineinanderschoben oder sich gar nicht voneinander trennten. Der alte Mann streckte die Hand aus, er legte sie auf ihre Hand. Erst jetzt war ihm aufgefallen, dass ihre Stimme von einer anderen, die im gleichen Tonfall erzählte, überlagert wurde. Er machte die Augen ganz auf und wandte sich ein wenig zur Seite, in die Richtung der Stimme. Seine Augen gewöhnten sich nur langsam an das anders geartete Licht. Der weiße Funkenflug brannte in seinen Augen, doch bald erwies sich die warme, erzählende Stimme als bekannt, und auch die Funken verloren ihre Schärfe. Das Licht auf der Mattscheibe des Fernsehgerätes klarte auf, sie leuchtete wie ein Aquarium, und die gewohnten Bilder eines Naturfilms nahmen Gestalt an. Dem alten Mann kam es vor, als ließen sich die Bilder innen, an der leicht konkaven Fläche des matten Glases wie ein hauchdünner, flüssiger Vorhang herunter. Die alte Frau kauerte verschreckt in ihrem Lehnstuhl, offenbar kreiste ein Greifvogel bedrohlich über einem kleinen Tier, oder eine der Verfolgungsszenen im Wald ging ihrem erwarteten tragischen Ende entgegen. Der ungeahnte Vorfall überraschte den alten Mann, konnte sie doch die Fernbedienung des Gerätes schon seit längerem nicht mehr handhaben. Er tätschelte ermutigend ihre Hand und wollte sich wieder dem anderen Licht zuwenden, doch riss die Erzählung ab, und er hörte plötzlich ein *vertrautes*, in gewissen Abständen wiederkehrendes Ächzen. Ihm gegenüber lag ein Hirsch. Er wurde von vorne gefilmt, der Körper war hinter dem mächtigen Haupt nur zu erahnen. Er befand sich in Seitenlage, die Läufe stachen zuweilen ins Bild, heftige Stöße gegen den Körper ließen sie nach oben ausschlagen. Der Hirsch starrte ihn mit weit offenen, ganz leeren und ausdruckslosen Augen an und stieß von Zeit zu Zeit klagende Laute aus. Hinter ihm wurden die Köpfe zweier Großkatzen sichtbar, vielleicht Löwen oder Panther, die Köpfe verschwanden einmal im Körper des Hirsches, dann tauchten sie wiederum aus ihm auf, je nachdem, was sie aus dem Inneren des noch lebenden Tieres fraßen, wie sie an seinem Fleisch rissen und zerrten. Dann sprach erneut der Narrator und setzte die belanglose Geschichte fort. Der alte Mann wandte sich wieder dem Sonnenschein des Spätnachmittags zu, er schloss die Augen und setzte seine Nachmittagssiesta fort.

Beim Erwachen gab es noch keine Probleme. Er lag mit vollkommen gestrecktem Körper auf dem Rücken. Es war schon hell, aber die aufgehende Sonne wurde noch von den gegenüberstehenden Häusern verdeckt. Er mochte dieses besondere Licht beim Erwachen. Die morgendliche Dunkelheit bedrückte ihn, die durch die Stores dringenden stechenden Sonnenstrahlen aber empfand er als zudringlich. Er erwachte meistens so, ausgestreckt, auf dem Rücken liegend. Er machte die Augen sofort auf und heftete den Blick auf den blaugrauen Leinenstore. Wenn keine im Voraus eingeplanten Gefahren den Tag bedrohten, genoss er diese ruhigen Augenblicke. Die alte Frau schnaufte gleichmäßig neben ihm, sie würde sich erst dann zum ersten Mal rühren, wenn er zum Fußende des Bettes rutschte, um aufzustehen. Ihre Augen öffneten sich kurz, als drehte sich ihr Augapfel langsam um

360 Grad, zuerst mit der vorderen, dann wieder mit der hinteren Hälfte nach außen, währenddessen sie sich im Schlaf von der Anwesenheit des alten Mannes überzeugte. Dieser aber lag noch reglos da, doch bald ballte er einige Male die Hand zur Faust und kreiste mit den Füßen. Nach seinen ersten Übungen am Morgen schlug er die Decke zurück, zog die Knie an und rutschte auf dem Gesäß auf das Fußende des Bettes zu, indem er sich mit den aufgestützten Händen schob und zugleich mit den Beinen nach vorne zog. Er stellte die Füße auf den Boden, beugte den Oberkörper ein wenig vorwärts und stieß sich mit den eingestemmten Fäusten, wie ein Schispringer oben auf der Schanze, vom Bett ab. Bis zum Stuhl am Fenster, auf dem sein Morgenmantel lag, waren es nur wenige Schritte. Er legte ihn aber noch nicht an, ließ sich zuerst auf den Stuhl fallen, um die unter dem Stuhl zusammengeknüllt liegenden Socken anzuziehen. Das konnte er nicht auslassen, denn wenn er seine morgendlichen Aufgaben barfuß verrichtete, musste er mit einer langwierigen Blasenentzündung rechnen, gleichgültig, ob es warm oder kalt war. Auch als er sich auf dem Stuhl zurechtsetzte, spürte er noch nichts Ungewöhnliches, er beugte sich vor und streckte Zeige- und Mittelfinger pinzettenartig vor, doch die Socken erreichte er nicht mehr. Er hatte nichts

gehört, doch hatte er das Gefühl, als wäre etwas in seinem Kreuz gebrochen oder zumindest angeknackst. Zur gleichen Zeit lief ein schneller Schmerz wie ein Stromschlag bis zu seiner Schulter hinauf, dann wieder am Arm hinunter, wo er in der ganzen Länge stecken blieb. Der alte Mann riss die Augen auf, als wunderte er sich, und er verharrte steif in seiner Pein. Für eine kurze Zeit war er ganz ratlos, ihm war, als könnte er sich nie mehr aus dieser Bewegung lösen. Er wartete, bis der ziehende Schmerz ein wenig nachließ, und hatte vor, sich vorsichtig in die Ausgangsposition zurückzulehnen. Das Vorhaben erschien ihm nicht undurchführbar, er wusste auf Grund früherer Erfahrungen, dass er vor allem den Rhythmus der Bewegung richtig wählen und danach streben musste, den Positionswechsel zügig und ohne anzuhalten durchzuführen. Er war selbst überrascht, wie leicht es ihm gelang, sich wieder aufzurichten. Doch er wusste bereits, er würde sich an diesem Morgen auf keinen Fall nach seinen Socken bücken können, also musste er eine andere Strategie anwenden, um sie zu erreichen und aufzuheben. Die Geschehnisse in seinem Rücken hatten sich zum Glück weder auf seine Arme noch auf die Beine ausgewirkt. Er musste bloß darauf achten, sich in der Körpermitte nicht zu verbiegen. Der nächste Bewegungsablauf wollte ganz genau geplant werden. Er überhastete die Ausführung nicht, sammelte Kraft, schlug mit der flachen Hand ein paar Mal gegen Oberschenkel und Arme, dann packte er den Stuhl mit beiden Händen am Rand und rutschte mit ganz aufrecht gehaltenem Oberkörper nach vorne. Als er nur noch auf dem Steißbein saß, neigte er sich zur Seite, löste die linke Hand vom Stuhlrand und hockte sich langsam hin, dann fasste er mit der freien Hand die am Vorabend zum Glück ineinandergesteckten Socken. Das erfolgreiche Manöver beflügelte ihn derartig, dass er sich fast ohne Anstrengung wieder in eine sitzende Position ziehen konnte. Zuerst legte er sich die Socken auf den Schoß und atmete kurz durch. Sollte es ihm gelingen, einen Fuß auf das andere Bein zu legen, könnte er die Socken problemlos anziehen. Weil der Schmerz von links nach rechts gegangen war, hob er zuerst den rechten Fuß an, vorsichtig, wie zur Probe. Erfreulicherweise gelang es ihm, den Unterschenkel ohne den mindesten Widerstand der Muskulatur auf den linken Oberschenkel zu legen. Weil er den Arm nicht ganz strecken konnte und auch seine Stützhand noch von der Anstrengung zitterte, konnte er die Öffnung der Socke nur beschwerlich zu seinem Fuß bugsieren. Doch als seine große Zehe die Öffnung gefunden hatte, wusste er sich im Sattel, denn er hatte die Socke nur hinzuhalten, bis er sie mit der Linken über alle Zehen brachte und dann weiter, über den ganzen Fuß. Als er endlich fertig war, verlor er die Herrschaft über seinen Unterschenkel, und als er ihn vom Oberschenkel rutschen ließ, schlug die Sohle klatschend auf dem Boden auf. Zum Glück erwachte die alte Frau davon nicht, also konnte er auch den anderen Fuß auf Expedition schicken. Dieses Bein war sonst weniger geschickt, aber an diesem Morgen erwies es sich als biegsamer als sonst, also gelang es ihm, die Socke auch dem linken Fuß ganz ohne Komplikationen anzuziehen. Dann hob er atemlos, aber zufrieden den Blick und schaute in den hohen Spiegel an der gegenüberliegenden Wand. Offenbar hatte er im Zuge seiner vorherigen Darbietung den Verdunklungsvorhang hinter sich weggestoßen, eine Vorhangbahn war auf dem Heizkörper unter dem Fenster hängen geblieben. Nur so weit, wie der schon einmal heruntergelassene Vorhang im Theater nach der Vorstellung für die Schauspieler leicht angehoben wird, damit sie sich zum Applaus hinausbegeben können. Durch den Spalt zeigte sich, obwohl der Sonnenaufgang auch schon vorbei war, der Morgenhimmel, wie er gerade den Nebelschleier ablegte. Ein breiter, rosiger Streifen leuchtete auf dem Himmelsgewölbe, als hätte eine riesige Hand einen in Farbe getauchten Finger über die Hausdächer hinweggezogen. Der alte

Mann lehnte sich zurück und erfreute sich am mythologischen Morgen, der im Spiegel vor ihm erstrahlte.

Der alte Mann hatte beobachtet, dass das Gesicht der alten Frau von gewissen Träumen wie mit glanzlosem Zellophan überzogen wurde, und je länger das Zellophan auf ihrer Haut lag, umso blasser wurde ihr Gesicht darunter, als sickerte es einfach irgendwohin weg, vielleicht in den Kissenüberzug oder in die Polsterung der Möbel, und als würde es von den Textilien schnell und spurlos aufgesogen. Beobachtete er die alte Frau bei solchen Gelegenheiten länger, sah er bald nichts anderes als graues, hauchdünn auf den Überzug aufgezogenes graues, faltiges Zellophan. Manchmal berührte er sie, gerade nur so leicht, dass das Zellophan sich von ihrem Gesicht löste, sie aber nicht erwachen musste. Die alte Frau schlief, abgesehen von ihren zu gewissen Zeiten, zumeist in der Nacht erfolgenden Irrgängen, tief und ausdauernd. Am Abend leistete sie nie Widerstand, wenn der alte Mann sie ins Bett bugsierte, sie schlief dann auch binnen kurzem ein. Am Morgen musste sie meistens mit Geschirrgeklapper geweckt werden, damit das Vormittagsprogramm sich nicht verschob. An diesem Morgen aber hatte sie trotz wiederholten indirekten Weckversuchen so weit in den Tag hinein geschlafen, dass der alte Mann entgegen seiner Gewohnheit sich doch entschloss, die Tür aufzumachen. Als er in das Zimmer trat, bemerkte er sogleich, dass sie wieder aus dem Bett gekrochen war und nun auf dem Teppich gegenüber dem Fenster und mit dem Kopf zur Tür auf dem Rücken lag. Sie hatte ihr Kissen und ihre Decke wie immer mitgenommen und sich ein richtiges Lager zurechtgemacht. Der alte Mann sah lediglich die leicht zerdrückten aschfarbenen Haarbüschel von hinten auf dem dicken Kissen, also ging er mit leisen Schritten an ihre Seite. Bevor er sie ansprach, wollte er sehen, ob sie schlief. Sie lag ausgestreckt da, die Arme dicht am Körper auf der Decke. Über der bis zum Hals hochgezogenen Decke reihten sich die elfenbeinfarbenen Kugeln der unentbehrlichen Perlenkette in einem gleichmäßigen Bogen. Eine einzige Perle nur lag etwas tiefer, die in der Mitte der Kette, beim Treffpunkt der beiden Schlüsselbeine. Das warme, wächserne Licht, das durch den durchlässigen Stoff der Stores drang, glättete die Gesichtszüge der alten Frau. Die beiden Wangen aber waren weit in das zahnlose Gesicht eingefallen, als wären sie durchbohrt worden. Die Augen waren tief in die Höhlen gesunken, die Brauenknochen traten unnatürlich hervor, die Nasenflügel lagen eng an, und die lang und spitz anmutende Nase stach in die Luft. Die Decke lag unbewegt auf dem reglosen Körper.

Der alte Mann hatte ein unsicheres Gefühl, er kniete sich umständlich hin, um das Gesicht der alten Frau genauer betrachten zu können. Er wollte ihre Hand nicht berühren, sie nicht damit aus dem Schlaf reißen. Er winkelte den Oberkörper leicht ab und beugte sich über sie. Da erzitterten ihre Augenlider, und sie öffneten sich langsam, wobei sie immer wieder auf die Augäpfel zurückrutschten. Zwei winzige, graue Gräben, wässrig, ohne Pupillen. Die Umrisse der Iris und der Sehöffnung klarten langsam auf, der grünliche Farbton der Regenbogenhaut kehrte durch das Erwachen zurück. Schon bald erkannte sie den alten Mann. Sie war sich noch immer nicht unwiderruflich sicher, wo sie überhaupt war, doch fühlte sie unbeirrbar, dass sie sich an einem warmen und bekannten, nicht unangenehmen Ort befand, woraufhin ihr Mund sich zu einem schwarzen, zahnlosen Lächeln verzog. Der alte Mann beugte sich weiter vor und berührte mit dem Mund die aufgesprungenen Lippen der alten Frau. Kaum verspürte er die winzigen Stacheln der trockenen Lippenhaut, die an den Rändern der Risse aufragten, wünschte er schon einen Hauch lauter als gewöhnlich einen guten Morgen und berichtete sofort von allerlei morgendlichen Neuigkeiten. Unmittelbar nach dem Erwachen durfte er sie nie in Ruhe lassen. Er musste sie rufen, beim Namen nennen, zu ihr sprechen und sie sprechen lassen, damit sie nicht in den Schlaf zurückrutschte, denn sonst säße sie den ganzen Vormittag nur trübsinnig auf ihrem Stuhl herum, und durch das unterbrochene Aufwachen wäre der Tag für sie beide verdorben.

Jeden Abend ging der alte Mann, im Bett liegend, denselben Weg zu Ende. Er begann beim Fluss, vom schief nach innen eingefallenen Tor weg. Dessen dünner, rostiger Eisenrahmen wurde von einem stellenweise eingerissenen Drahtgitter zusammengehalten. Zu beiden Seiten erhob sich eine dichte, mannshohe Fliederhecke. Der alte Mann ging entweder vom Tor weg oder er trat gerade in den Garten ein. Der Weg war *derselbe*. Ein Streifen, von hochkant gestellten Ziegeln gesäumt, mit Perlkies bestreut. Streckte er die Arme seitlich aus, hatte er schon die Breite des Weges ausgemessen. Die rötlichen, fleckigen Ziegelsteine der Einfassung waren hier und da umgefallen oder auch kantenwärts eingesunken. Wo sie aneinanderstießen, lugten Unkrautstängel hervor. Zu beiden Seiten des Weges aber lag schon ein anderer Garten. Dieser gehörte auch ihm, ja, eigentlich gehörte ausschließlich dieser Garten ihm, der andere ist den Fluss hinuntergeschwommen wie die abgeholzten, geschlägerten Wälder. Geblieben sind nur die eine große

Pappel und je zwei Rosskastanienbäume an beiden Seiten des Hauses, oben und unten. Diesen Garten mochte er mehr, was sollte er denn zum Beispiel auf dem ehemaligen leeren Ballspielplatz, den jetzt Stauden, Wiesenblumen und Unkraut überwucherten, mit sich anfangen? Fast alles war hier ein Werk des Zufalls, das heißt des Windes und der Insekten, die, und sonst niemand, brachten die Samen, Stäube und Sporen überallhin. Und doch schien es, als sei alles genau geplant gewesen, denn alles war an seinem Platz, alles passte. Er ging barfuß dahin, gemächlich, seine Zehen drehten den einen oder anderen glatten, lauwarmen Kiesel um. Die Steinchen drückten ihn nicht, denn die Haut an seiner Ferse und auf der Sohle hatte sich für diese seine Gänge fingerdick verhärtet, er merkte nicht einmal, wenn er in einen Dorn trat. Der Weg war derselbe, und er ging immer dieselbe Strecke, ohne Erinnerungen und ohne Vergangenheit. Doch jedes Mal blickte er anders in den Garten hinein. Einmal pflückte er die Blumen nach ihrer Farbe, die violetten, die blauen, die gelben, die weißen gesondert, betrachtete einige besonders auffällig blühenden Exemplare freudig verwundert, wie zum Beispiel die voll erblühten, blau-lila leuchtenden, in Dolden stehenden Blüten der Schmucklilie, herausgehoben zwischen ihren langen grünen Blättern, oder die goldgelben, einzeln stehenden Blütenblätter der Narzisse. Ein anderes Mal hörte er auf die Musik der Blätter, der Samen und Grashalme, das Flüstern des Zittergrases, das Scheppern des Kleinen Klappertopfes oder das Geläute der Glockenblume. Er hatte schon Tausende von Schritten auf diesem Weg getan, und jeder einzelne Schritt hatte seinen eigenen Duft, Geschmack, sein eigenes Aroma. In der Nähe des Tors roch er oft den Duft des Lavendels oder des Jasmins, weiter oben wechselten einander Zitrone und Vanille ab, ein andermal duftete es nach Mandeln oder nach schwerem Honig. Das war freilich nicht immer so, die Reihenfolge änderte sich oft, oder neue Düfte traten auf den Plan und andere blieben ganz weg. Manchmal trat er über die Einfassung des Weges, aber nur mit einem Bein, er berührte die rauen, öligen, samtigen, behaarten Blättchen, die silbrig-seidigen Härchen, die aus den Glocken des Wollgrases hingen, die violetten Trauben des Knabenkrauts, die samtig behaarten Honiglippen der im eben aufkommenden Windhauch schwingenden Blütenblätter. So gelangte er zum Haus, gemächlich, aber überaus wach voranschreitend. Hier ruhte er sich oft auf einem stubbenförmigen Felsbrocken aus, ließ die Zehen mit den Kieseln spielen oder den Blick auf den gelblichen, zylindrischen Kerzen der hoch aufragenden, mächtigen Rosskastanien am

Anfang und Ende des verzweigten Weges ruhen. Er hatte es nicht eilig, war er doch schon mit dem ersten Schritt angekommen. Wenn er allein war, ging er von da meistens gar nicht weiter. Wenn aber die alte Frau nicht einschlafen konnte oder ihr Schlaf unruhig war, suchte er ihre Hand in den Falten des Lakens und nahm sie mit in den Garten. Sie hielten einander an der Hand und schritten stumm über den kiesbestreuten Weg, dann stiegen sie hinauf auf die Terrasse, geschützt von einer geschnitzten hölzernen Balustrade, gingen an den aufgestellten leeren, grün lackierten eisernen Klappstühlen vorbei und wandten sich noch, bevor sie ins Haus gingen, einfach so, im Vorbeigehen, gleichsam beim letzten Schritt einander zu und küssten sich wie wahre Liebende. Für einen Augenblick nur, dann verschwanden sie im Haus.